21世纪普通高校计算机公共课程规划教材

U0116992

Flash 8
动画基础案例教程

谭小慧 韩红梅 编著

清华大学出版社
北京

内 容 简 介

　　本书介绍了基于 Flash 8 中文版制作动画的基本方法和技巧,主要包括 Flash 8 软件制作环境介绍、Flash 8 动画制作基础、图形的填充与绘制、文本对象的创建与编辑、图层的使用、元件和实例的使用;详细介绍了遮罩动画与导引线动画的制作方法和技巧、ActionScript 的基础知识和简单应用以及动画的测试和发布等内容;并通过大量翔实生动的实例引导读者轻松入门。

　　本书电子资源中包含书中制作动画的全部实例和素材,便于读者更好地学习;以轻松活泼的形式向读者介绍制作 Flash 动画的方法,并展示了书中主要实例的制作过程。

　　本书可作为普通高校相关专业及计算机培训班的 Flash 课程教材。

图书在版编目(CIP)数据

Flash 8 动画基础案例教程/谭小慧,韩红梅编著. —北京:清华大学出版社,2009.4

(21 世纪普通高校计算机公共课程规划教材)

ISBN 978-7-302-19442-2

Ⅰ. F… Ⅱ. ①谭… ②韩… Ⅲ. 动画－设计－图形软件,Flash 8－高等学校－教材

Ⅳ. TP391.41

中国版本图书馆 CIP 数据核字(2009)第 015986 号

责任编辑:梁　颖　李　晔
责任校对:白　蕾
责任印制:李红英

出版发行:	清华大学出版社	地　　址:	北京清华大学学研大厦 A 座
	http://www.tup.com.cn	邮　　编:	100084
社　总　机:	010-62770175	邮　　购:	010-62786544
投稿与读者服务:	010-62776969,c-service@tup.tsinghua.edu.cn		
质　量　反　馈:	010-62772015,zhiliang@tup.tsinghua.edu.cn		

印　刷　者:北京市清华园胶印厂
装　订　者:三河市李旗庄少明装订厂
经　　销:全国新华书店
开　　本:185×260　印　张:14　字　数:335 千字
版　　次:2009 年 4 月第 1 版　印　次:2009 年 4 月第 1 次印刷
印　　数:1～4000
定　　价:22.00 元

出 版 说 明

随着我国改革开放的进一步深化,高等教育也得到了快速发展,各地高校紧密结合地方经济建设发展需要,科学运用市场调节机制,加大了使用信息科学等现代科学技术提升、改造传统学科专业的投入力度,通过教育改革合理调整和配置了教育资源,优化了传统学科专业,积极为地方经济建设输送人才,为我国经济社会的快速、健康和可持续发展以及高等教育自身的改革发展做出了巨大贡献。但是,高等教育质量还需要进一步提高以适应经济社会发展的需要,不少高校的专业设置和结构不尽合理,教师队伍整体素质亟待提高,人才培养模式、教学内容和方法需要进一步转变,学生的实践能力和创新精神亟待加强。

教育部一直十分重视高等教育质量工作。2007 年 1 月,教育部下发了《关于实施高等学校本科教学质量与教学改革工程的意见》,计划实施“高等学校本科教学质量与教学改革工程(简称‘质量工程’)”,通过专业结构调整、课程教材建设、实践教学改革、教学团队建设等多项内容,进一步深化高等学校教学改革,提高人才培养的能力和水平,更好地满足经济社会发展对高素质人才的需要。在贯彻和落实教育部“质量工程”的过程中,各地高校发挥师资力量强、办学经验丰富、教学资源充裕等优势,对其特色专业及特色课程(群)加以规划、整理和总结,更新教学内容、改革课程体系,建设了一大批内容新、体系新、方法新、手段新的特色课程。在此基础上,经教育部相关教学指导委员会专家的指导和建议,清华大学出版社在多个领域精选各高校的特色课程,分别规划出版系列教材,以配合“质量工程”的实施,满足各高校教学质量和教学改革的需要。

本系列教材立足于计算机公共课程领域,以公共基础课为主、专业基础课为辅,横向满足高校多层次教学的需要。在规划过程中体现了如下一些基本原则和特点。

(1)面向多层次、多学科专业,强调计算机在各专业中的应用。教材内容坚持基本理论适度,反映各层次对基本理论和原理的需求,同时加强实践和应用环节。

(2)反映教学需要,促进教学发展。教材要适应多样化的教学需要,正确把握教学内容和课程体系的改革方向,在选择教材内容和编写体系时注意体现素质教育、创新能力与实践能力的培养,为学生知识、能力、素质协调发展创造条件。

(3)实施精品战略,突出重点,保证质量。规划教材把重点放在公共基础课和专业基础课的教材建设上;特别注意选择并安排一部分原来基础比较好的优秀教材或讲义修订再版,逐步形成精品教材;提倡并鼓励编写体现教学质量和教学改革成果的教材。

(4)主张一纲多本,合理配套。基础课和专业基础课教材要配套,同一门课程有针对不同层次、面向不同专业的多本具有各自内容特点的教材。处理好教材统一性与多样化,基本教材与辅助教材、教学参考书,文字教材与软件教材的关系,实现教材系列资源配套。

(5)依靠专家,择优选用。在制定教材规划时要依靠各课程专家在调查研究本课程教材建设现状的基础上提出规划选题。在落实主编人选时,要引入竞争机制,通过申报、评审确定主题。书稿完成后要认真实行审稿程序,确保出书质量。

繁荣教材出版事业,提高教材质量的关键是教师。建立一支高水平教材编写梯队才能保证教材的编写质量和建设力度,希望有志于教材建设的教师能够加入到我们的编写队伍中来。

21 世纪普通高校计算机公共课程规划教材编委会

联系人:梁颖 liangying@tup. tsinghua. edu. cn

前　言

　　Flash 8 是 Macromedia 公司推出的矢量图形编辑和动画创作专业软件。近年来，随着网络应用的迅速发展，Flash 以其功能强大、操作简单、易学易用、浏览速度快等特点，越来越广泛地应用于美术设计、网页制作、多媒体软件等领域。

　　本书全面而又系统地介绍了 Flash 8 的理论知识和基本操作方法，在此基础上附有大量生动的实例。本书着重强调实际操作能力的训练，详细介绍了实例的制作过程，力求使学生通过对本书的学习能独立使用 Flash 8 绘制图形，并进一步制作二维动画。

　　本书共 7 章，具体内容安排如下。

　　第 1 章：介绍 Flash 8 的基础知识，包括 Flash 8 的启动、工作界面、Flash 8 较以前版本的新功能等。

　　第 2 章：介绍 Flash 8 的动画制作基础，包括元件和实例的概念、帧类型及操作、图层的操作。

　　第 3 章：介绍 Flash 8 的文字特效。

　　第 4 章：通过实例介绍遮罩动画和导引线动画。

　　第 5 章：介绍 ActionScript 在 Flash 8 中的基础知识及简单应用。

　　第 6 章：介绍动画的测试与发布。

　　第 7 章：综合实例。

　　本书内容深入浅出，实例丰富，图文并茂，语言通俗易懂，可作为大学、高职高专相关专业及计算机培训班的 Flash 课程教材。

　　本书主要由谭小慧、韩红梅编写，感谢郭梦依等同学录制实例操作教程。由于编者水平有限，难免存在错误，敬请读者批评指正。

　　本书的电子教案、素材及部分动画的制作录像均可从网站（http://www.tup.com.cn）免费下载。

编　者

2008 年 12 月

目　录

第1章　Flash 8 基础知识

Flash 是美国 Macromedia 公司设计的交互式矢量动画制作软件。用 Flash 制作出来的动画文件尺寸非常小,还可以将声音、动画以及演示界面创造性地结合在一起,制作成交互良好的动态效果网站,在有限带宽的情况下流畅地播放。制作精良的 Flash 动画往往需要好的创意和美术功底。

1. Flash 8 的特性

(1) 采用矢量动画文件格式,文件数据量小。

(2) 动画文件采用矢量绘图技术,图像质量高。

(3) 交互性良好。

(4) 文件格式多样化,Flash 支持多种输出格式:swf、avi、gif、wav、emf、wmf、eps、ai 等。

2. Flash 8 的基本功能

(1) 绘图和填充。

(2) 文字的输入和特效设置。

(3) 创建动画元件和实例。

(4) 添加动作脚本控制动画播放。

(5) 添加声音元素和交互按钮。

1.1　Flash 8 的启动

启动 Flash 8 程序后的初始界面如图 1.1 所示。

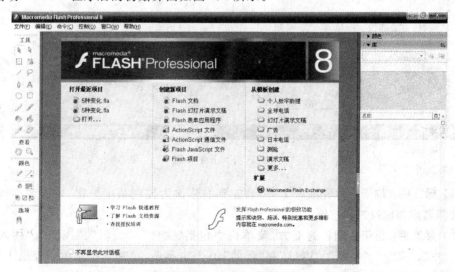

图 1.1　初始界面

（1）打开最近项目：显示最近操作过的文件，单击下面的"打开"按钮，即可定位并打开相应路径下的现有文件。

（2）创建新项目：单击文档类型即可，例如选择"创建新项目"下的"Flash 文档"选项，就可以创建一个新的普通 Flash 文件。

（3）从模板创建：提供了创建文档的常用模板，模板是指有 Flash 完成动画的部分设置，用户可以根据需要选择一种模板或自定义模板来制作统一模式的批量动画。

1.2 Flash 8 的主界面介绍

在创建或打开 Flash 文档后，就进入了 Flash 的主界面，该界面通常包括标题栏、菜单栏、工具栏、时间轴、场景、属性面板、颜色面板及库面板等，如图 1.2 所示。

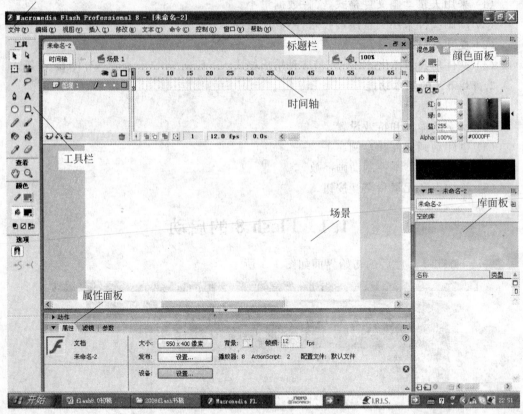

图 1.2　Flash 主界面

（1）标题栏：位于软件界面最上方，自左到右依次为控制菜单按钮、软件名称、当前编辑的文档名称和窗口控制按钮。

（2）菜单栏：位于标题栏的下方，菜单栏中包括"文件"、"编辑"、"视图"、"插入"、"修改"、"文本"、"命令"、"控制"、"窗口"和"帮助"10 个主菜单，在其下拉菜单中提供了各种相应的操作命令项，通过执行它们可以提高工作效率，满足用户的不同需求。

（3）时间轴：用于创建动画和控制动画的播放进程，可以对帧进行各种操作，如添加、删除、更改帧等，在这个区域的左下角的 5 个按钮分别是"帧居中"、"绘图纸外观"、"绘图纸外观轮廓"、"编辑多个帧"和"改变绘图纸标签"。

（4）图层控制栏：用于控制和管理动画中的图层，Flash 中有普通层、引导层、遮罩层和被遮罩层 4 种图层类型，为了便于图层的管理，还可以建立图层文件夹。

（5）场景：场景主要由舞台和工作区组成，舞台是放置动画内容的矩形区域，是进行动画制作的主要区域。

（6）工具箱：放置了所有的绘图工具，包括"工具"、"查看"、"颜色"和"选项"4 个栏目，主要用于矢量图形的绘制和编辑。

（7）下方面板组和右方面板组：下方面板组中常见的有"属性"和"动作"面板，右方面板组的功能和用法和下方面板组相同，默认状态下，集合着更多的功能面板。

1.2.1　功能面板

Flash 8 中的各种面板可用于查看和更改文档中的元素特征。

1. 面板的基本操作

（1）打开和关闭面板：选择"窗口"菜单中的相应命令打开指定面板；在已经打开的面板标题栏上右击，在弹出的快捷菜单中选择"关闭面板组"命令。

（2）恢复默认布局：选择"窗口"菜单中的"工作区布局"|"默认"命令即可。

2. "帮助"面板

"帮助"面板包含大量帮助信息，以便用户更好地使用各种功能，如图 1.3 所示。

图 1.3　"帮助"面板

Flash 8 基础知识

3. "动作"面板

"动作"面板是动画制作者的第二个编辑窗口,可以创建和编辑对象或帧的 ActionScript 代码,如图 1.4 所示。在后面的章节会对此面板的具体应用进行详细讲解。

要显示"动作"面板,可以通过以下操作之一实现:

(1) 选择"窗口"菜单中的"动作"命令。

(2) 按下 F2 键,激活"动作"面板。

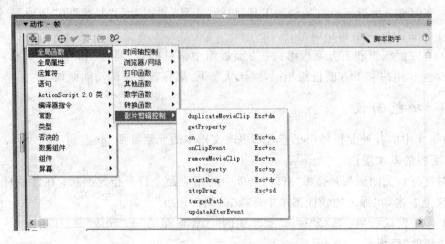

图 1.4 "动作"面板

运用动作脚本添加动作时,必须选定脚本对应的按钮或者时间轴中的帧,然后打开"动作"面板,接着设置脚本的版本,最后在脚本框中编辑脚本。

选择按钮、影片剪辑或者帧的一个实例,"动作"面板的标题就会发生改变,以反映所做的操作。

4. "属性"面板

使用"属性"面板可以很容易地设置舞台或时间轴上当前选定对象的最常用属性,从而加快 Flash 文档的创建过程,如图 1.5 所示。

图 1.5 "属性"面板

5. "工具"面板

Flash 提供了各种工具来绘制图形、线条和路径,包括"线条工具"、"滴管工具"、"墨水瓶工具"、"箭头工具"、"刷子工具"、"任意变形工具"和"颜料桶"等。

下面简单介绍"工具"面板中各个工具的具体使用方法。

（1）▶ 选择工具：选取舞台中的对象，当移近颜色块或线条时，可以拖曳鼠标使其变形。按住 Shift 键可以选择多个对象，也可以拖动光标来选择对象，对象在选中之后和选中之前的显示效果会有所不同。

（2）▶ 部分选取工具：最重要的作用是选取对象后，周围会出现调节点，编辑这些调节点会使对象产生变形。

（3）／线条工具：可以在舞台上通过拖曳鼠标画出直线条，当然也可以在选用该工具后，先在颜色下的笔触颜色中设置线条颜色后再绘制。

（4）♽ 套索工具：可以方便用户从舞台上的某一图像中选取需要的部分内容，前提是必须把图像分解（可以使用"修改"|"分离"命令）。

（5）♙ 钢笔工具：能够方便地在舞台上通过各个点之间的直线连接绘制出任意多边形。

（6）Ａ 文本工具：用于录入或更改文本内容。录入时，在舞台上拖曳出一个文本区域，然后在该区域内输入文字。

（7）〇 椭圆工具：用于在舞台上绘制椭圆形图形。在绘制图形前，首先在颜色区域中选用笔触颜色和填充色，设置图形的边框颜色和内部填充颜色。按下 Shift 键可以画正圆。

（8）□ 矩形工具：用于在舞台上绘制出矩形图形。在绘制图形前，首先在颜色区域中选用笔触颜色和填充色设置椭圆形的边框颜色和内部填充颜色。按下 Shift 键可以画正方形。

（9）／铅笔工具：使用铅笔工具可以在舞台上绘制线条和形状，可以选择 3 种不同的铅笔模式——"伸直"、"平滑"、"墨水"，绘画的方式与真实使用铅笔绘画大致相同。

（10）✔ 笔刷工具：利用笔刷工具可以绘制出刷子般的笔触，就像涂色一样。可以让用户创造出特殊的效果，如书法效果。

（11）▦ 任意变形工具：在选中舞台上的对象后，可以通过鼠标拖曳控制点来改变对象的大小形状。

（12）▷ 填充变形工具：可以使图形中的填充色部分变形。

（13）◐ 墨水瓶工具：可以方便地为对象添加边框线或更改边框线颜色。

（14）◔ 颜料桶工具：更改图形中的填充颜色。

（15）✐ 滴管工具：从其他图形中吸取颜色，然后再使用颜料桶工具将吸取的颜色填充到其他图形中。

（16）◯ 橡皮擦工具：用于擦除图形中的部分内容。可以选择不同的橡皮擦形状。

（17）🖑 手形工具：用于查看舞台的显示范围。当舞台较大或舞台中对象较小时，通常是放大或移动查看舞台中的对象，可以查看到舞台上的所有对象。

（18）🔍 缩放工具：局部放大或缩小舞台上的对象视图。

（19）／▢ 笔触颜色：用户可以利用它设置图形的边线颜色，或者禁用图形的边线颜色。

（20）◐▪ 填充色：用户可以利用它设置图形的内部填充颜色，或者禁用图形的填充颜色。

6."颜色"面板

要填充纯色以及渐变填充,可以使用混色器。在舞台中选定对象后,在混色器中选择不同的颜色会改变该对象的颜色。

应用混色器可以选择任何颜色,还可以指定 Alpha 值来定义颜色的透明度。此外,还可从现有调色板中选择颜色,如图 1.6 所示。

(1)要更改渐变中的颜色,请单击渐变定义栏下面的某个指针,然后在出现在展开的混色器中渐变栏下面的颜色空间中单击。拖动"亮度"控件来调整颜色的亮度。

(2)要向渐变中添加指针,应在渐变定义栏上面或下面单击。

(3)要保存渐变色,应单击混色器右上角的三角形并从弹出菜单中选择"添加样本"命令,即可将渐变添加到当前文档的"颜色样本"面板中。

7."库"面板

"库"面板中存放了文件中所有的元件、实例、图片、声音素材等对象内容,通过将组件图标从库拖到舞台上可以添加该组件的多个实例,如图 1.7 所示。

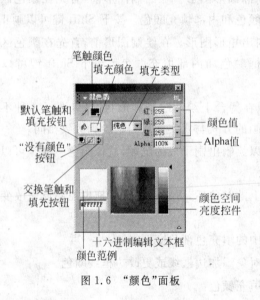

图 1.6 "颜色"面板   图 1.7 "库"面板

1.2.2 时间轴

时间轴用于组织和控制 Flash 文档内容播放的帧的顺序。Flash 文档将时长分为帧。图层就像堆叠在一起的多张幻灯胶片一样,每个图层包含着显示在舞台中的不同对象。时间轴的主要组成部分是图层、帧和播放头,如图 1.8 所示。

图层在时间轴左侧的列中,时间轴顶部的时间轴标题指示帧编号,播放头指示当前在舞台中显示的帧。播放 Flash 文档时,播放头从左向右沿时间轴移动。通过调整时间轴的大小,可以显示不同的图层数和帧数。

时间轴可以显示影片中哪些地方有动画,包括逐帧动画、补间动画和运动路径。

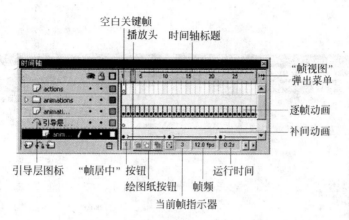

图 1.8   时间轴的主要组成部分是图层、帧和播放头

时间轴的图层部分中右上角的按钮可以隐藏或显示(眼睛按钮)、锁定或解锁图层以及将图层内容显示为轮廓。

用户可以在时间轴中插入、删除、选择和移动帧,也可以将帧拖动到同一图层中的不同位置或是不同的图层中。帧有 3 种类型:普通帧、关键帧、空白关键帧。

1.2.3   场景

场景好比一个舞台,所有的演示对象和故事情节都在这个舞台上展示。场景有大小、色彩等的设置;场景可以有多个,多场景之间可以转换。

1. 改变场景属性

场景的大小由"文档属性"中"尺寸"的宽与高设置决定。场景颜色由背景的颜色设置决定。

2. 增加新场景

增加新场景可通过两种操作完成。第一种操作是选择"插入"|"场景"命令进行添加,如图 1.9 所示。

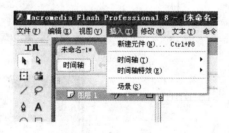

图 1.9   插入场景操作(1)

第二种操作是通过"窗口"|"其他面板"|"场景"|"添加"按钮来完成,如图 1.10 所示。

3. 删除某场景

删除场景的操作是通过"窗口"|"其他面板"|"场景"|"删除场景"按钮来完成的,如图 1.11 所示。

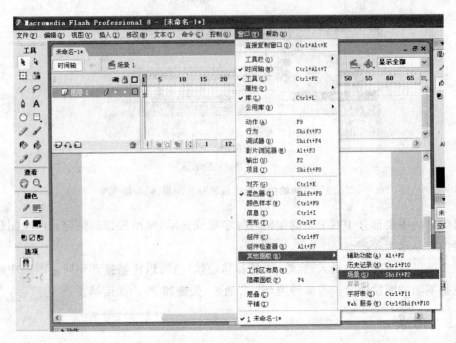

图 1.10 插入场景操作(2)

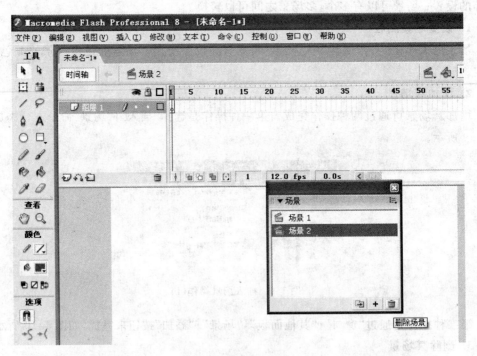

图 1.11 删除场景操作

4. 为场景改名

在"场景"面板中双击该场景名称,可直接进行修改,如图 1.12 所示。

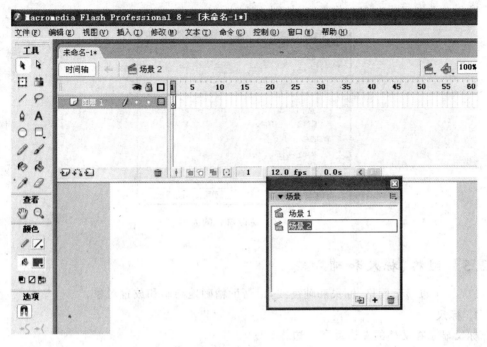

图 1.12　修改场景名称操作

1.2.4　舞台和工作页面

舞台是在播放过程中显示图形、影片、按钮等内容的矩形区域。舞台显示的比例可以放大和缩小,在"时间轴"右上角的"显示比例"中可设置显示比例,下拉菜单中的"符合窗口大小"选项用来自动调节到最合适的舞台比例大小,"全部显示"选项能显示整个工作区中的所有对象,甚至包括放置在"舞台"之外的对象。

要更改舞台的背景颜色,应单击菜单栏"修改"|"文档"命令,打开"文档属性"对话框,单击"背景颜色"下拉列表框,并选择一种颜色,如图 1.13 所示。

图 1.13　更改舞台的背景颜色

要更改舞台大小,应修改"文档属性"中的"尺寸"窗口的数据。在"文档属性"对话框中,输入 750 作为舞台宽度,然后单击"确定"按钮。

舞台大小将调整为 750 像素宽,如图 1.14 所示。

图 1.14　更改舞台的大小

1.2.5　网格、标尺和辅助线

Flash 可以显示网格、标尺和辅助线,以帮助精确地绘制和放置对象。

1. 标尺

标尺显示在文档的左边缘和上边缘。

- 显示或隐藏标尺:选择"视图"|"标尺"命令。
- 标尺度量单位的修改:可以更改标尺的度量单位,选择"修改"|"文档"|"标尺单位"命令,从弹出对话框的"标尺单位"菜单中选择一个适当的单位。

2. 网格

在文档中显示网格时,将在场景的插图之后显示一系列的交叉直线。

- 显示或隐藏绘画网格:选择"视图"|"网格"|"显示网格"命令。

3. 使用辅助线

显示标尺后,可以将水平和垂直辅助线从标尺拖动到舞台上,也可以移动、锁定、隐藏和删除辅助线。

1.3　常用工具的基本操作

1.3.1　直线工具和铅笔工具

单击直线工具,可绘制一条直线。在舞台上直线开始的地方单击鼠标,然后拖动鼠标指针,在直线结束的地方松开鼠标,这样,一条直线就画好了。

通过定义直线的颜色、粗细和样式,就能画出不同的线条,如图 1.15 所示。

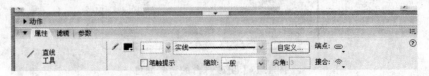

图 1.15　直线工具"属性"面板

更改直线的方向和长短,可以使用"箭头工具" ▶ 。"箭头工具"的作用是选择对象、移动对象、改变线条或对象轮廓的形状。单击选择"箭头工具",然后移动鼠标指针到直线的端点处,指针右下角变成直角形状,这时拖动鼠标可以改变直线的方向和长短,如图1.16所示。

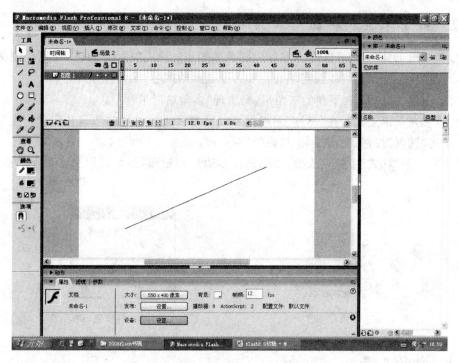

图 1.16　鼠标移到直线端点

当鼠标指针移动到线条中间任意处时,指针右下角会变成弧线形状,向不同方向拖动鼠标,可以将直线变成不同形状的曲线,从而画出所需要的曲线,如图1.17所示。

图 1.17　鼠标指向线条中间

"铅笔工具" ✐ 的颜色、粗细、样式定义和"线条工具"一样,在它的附属选项里有3种模式,如图1.18所示。

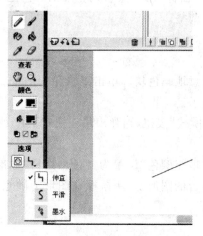

图 1.18　铅笔工具

（1）伸直：把鼠标轨迹转成接近其轨迹形状的直线。

（2）平滑：把鼠标轨迹转换成接近其轨迹形状的曲线。

（3）墨水：不加修饰，完全保持鼠标轨迹形状的线条。

1.3.2 矩形工具和椭圆形工具

运用"矩形工具" □ ，可以创建方角或圆角的矩形；使用"椭圆工具"，可以绘制椭圆和圆形。通过"属性"面板，可以设定填充色和边框笔触的颜色、粗细和样式。

单击"矩形工具" □ 右下角的三角形，会出现"多角星形工具" ⬡ 。

单击"多角星形工具"，在"属性"面板里可以设置多边形的边的数量和形状。在"属性"面板中单击"选项"按钮，会出现"工具设置"对话框，如图 1.19 所示。

单击其中的"样式"下拉列表框，可以选择多边形和星形，还可以定义多边形的边数，如图 1.20 所示。

图 1.19　多角星形工具　　　　　　　　　图 1.20　"工具设置"对话框

1.3.3 钢笔工具

1. 绘制直线或折线

选择"钢笔工具"，将指针定位在舞台上直线开始的地方，单击鼠标，在第一条线段结束的位置再次进行单击，不断单击可以绘制出其他线段，双击最后一个点结束绘制。

2. 绘制曲线

选择"钢笔工具"，按下鼠标的同时向想要绘制曲线段的方向拖动鼠标，然后将指针放在想要结束曲线段的地方，按下鼠标按钮，然后朝相反的方向拖动来完成线段；最后，还可以用部分选取工具对曲线进行调整。

1.3.4 刷子工具

利用"刷子工具"可以随意地画色块。单击工具箱中的"刷子工具"，工具箱下边就会显示它的"选项"，如图 1.21 所示。

在"选项"下单击"填充模式"按钮，则弹出填充模式下拉列表，如图 1.22 所示。

1. 标准绘画

选择"刷子工具"，并将"填充颜色"设置为蓝色。选择"标准绘画"模式，移动笔刷，鼠标指针就变为刷子形状。在舞台的图形上，用鼠标在图形上随意涂抹几下，观察一下效果，如图 1.23 所示。

2. 颜料填充

选择"颜料填充"模式，它只影响了填色的内容，不会遮盖住线条，如图 1.24 所示。

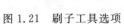

图 1.21　刷子工具选项　　　　图 1.22　刷子工具填充模式　　　　图 1.23　标准绘画

3. 后面绘画

选择"后面绘画"模式,所画的图形都在图像的后方,不会影响前景图像,如图 1.25 所示。

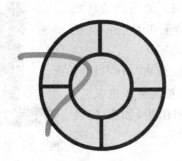

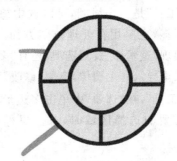

图 1.24　颜料填充模式　　　　　　　　图 1.25　后面绘画模式

4. 颜料选择

选择"颜料选择"模式,用"箭头工具"选择大环形区域内的小环形填充部分,再使用画笔,就可以填充颜色,如图 1.26 所示。

5. 内部绘画

选择"内部绘画"模式,在绘制图形时,画笔的起点必须是在轮廓线以内,而且画笔也只在轮廓线以内起作用,如图 1.27 所示。

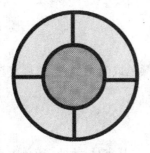

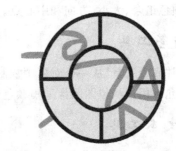

图 1.26　颜料选择模式　　　　　　　　图 1.27　内部绘画模式

1.3.5　橡皮擦工具

利用"橡皮擦工具"可以擦去不需要或有绘制错误的地方。双击"橡皮擦工具",可以删除舞台上的所有内容。"橡皮擦工具"也有几个选项,如图 1.28 所示。

图 1.28　"橡皮擦工具"选项

选择"水龙头工具"，单击需要擦除的填充区域或笔触段，可以快速擦除。如果只擦除一部分笔触或填充区域，就要通过拖动鼠标来擦除。

单击"橡皮擦模式"功能键并选择一种擦除模式：

（1）"标准擦除"擦除同一层上的笔触和填充。

（2）"擦除填色"只擦除填充。

（3）"擦除线条"只擦除笔触。

（4）"擦除所选填充"只擦除当前选定的填充。

（5）"内部擦除"只擦除橡皮擦笔触开始处的填充。

1.3.6　套索工具

"套索工具"是一个绳圈，可以选中想要的区域。使用该工具的时候不是很多，主要用在处理位图方面。选择"套索工具"后，会在"选项"中出现"魔术棒"及其选项，还有"多边形模式"。

在场景里导入一个图像，应用"修改"菜单中的"分离"命令，然后选择"套索工具"，在"选项"中单击多边形模式，按需要单击鼠标，当得到所需要的选择区域时，双击鼠标自动封闭图形，如图 1.29 所示。

图 1.29　多边形模式

1.3.7　墨水瓶工具

此工具可以改变线条或对象外框线轮廓的笔触颜色、宽度和样式等，使用方法是绘制一个图形后，在属性面板中调整外框线属性，在舞台图形的外框单击一下即可。

1.3.8　颜料桶工具

"颜料桶工具"可以进行区域填色，对空白区域填色或改变已有的颜色。该工具可以填充固定色，也可以填充渐变色，还可以填充位图色。填充渐变色时，利用颜料桶调整渐变色和位图色的颜色组合、大小、方向和中心点。

1.3.9　滴管工具

可以使用"滴管工具"从一个对象中复制其填充颜色或笔触颜色，然后将该颜色应用到其他对象，还允许用户从位图图像采集颜色用于填充。

1.3.10　文本工具

以 Flash 文本工具为基础，通过自定义文字属性，包括字体、大小、颜色等可以制作出许多文字特效动画效果和多种背景效果。

在 Flash 动画中文字的使用频率很高，文字动画制作好了，会使整个动画更具有吸引力。

例 1：荧光文字。

此例是实现带荧光文字效果，在制作过程中使用了渐变填充等工具。

难点在于图形、色彩编辑的技巧和填充工具的使用。

通过对文字边框进行柔化处理，产生具有霓虹灯效果的荧光文字。

具体制作过程如下：

（1）新建一个 Flash 文件，文件名为："例 1-荧光文字"，在"文档属性"面板中设置舞台尺寸为 480px×150px，选择颜色 000066 为背景色。

（2）选取文本工具，在舞台中间部分单击并拖动鼠标，出现文本输入区，输入"荧光"两个字。选择工具栏中的箭头工具，将文字移动到工作区中间，在属性面板中将字体类型设置成"宋体"，字体大小设置成 100。使用"修改"|"分离"命令将文字两次分离。

（3）选择工具栏中墨水瓶工具，将墨水瓶工具参数栏中线条颜色设置成黄色，线条宽度设置成 1.5，将鼠标移动到工作区中，鼠标光标变成墨水瓶形状，用鼠标依次单击文字边框，文字周围将出现黄色边框。效果如图 1.30 所示。

图 1.30　为文本描边

（4）按 Delete 键删除填充区域，效果如图 1.31 所示。

图 1.31　删除填充区域

（5）选择工具栏中的箭头工具，按住键盘上的 Shift 键，依次双击选中所有边框，选择"修改"|"形状"|"将线条转换为填充"命令，黄色边框被转变成可填充区域，如图 1.32 所示。

（6）选择"修改"|"形状"|"柔化填充边缘"命令，再按照图 1.33 设置"柔化填充边缘"对话框中的参数，单击"确定"按钮，关闭对话框。

（7）选择箭头工具，在工作区的任意空白处单击，取消对文字边框的选择。这时可以看到黄色边线周围出现了模糊填充，并可以看到荧光文字效果，保存文件。

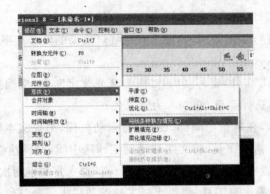

图 1.32　扩充填充区域

图 1.33　"柔化填充边缘"对话框

1.4　使用图形工具的案例

1.4.1　彩虹圆

制作步骤如下：

(1) 新建一个 Flash 文档。

(2) 在左边的工具栏里选择"椭圆工具"，然后在下方的颜色设置里设置颜色，这里可以把笔触色设为无，把填充色设为任意一种颜色。

(3) 按住 Shift 键和鼠标左键拖动，可以画出一个无边框的实心圆，将其画得稍微大一点，置于这个场景的中央，如图 1.34 所示。

(4) 将椭圆工具的填充颜色改变一下，再按上面的步骤在原来那个大圆的旁边画一个比大圆略小一点的圆，再将小圆移动使之圆心和大圆圆心重合，效果如图 1.35 所示。

图 1.34　画出一个无边框的实心圆

图 1.35　绘制小圆并将小圆圆心
　　　　　与大圆圆心重合

（5）然后重复上述步骤，不断改变圆的填充颜色，多画几个圆就可以得到如图 1.36 所示的效果了，圆的大小必须依次递减。

注意事项：如果不小心把一个圆画得比先画上的圆还大，也不必担心，可以用任意变形工具改变它的大小，但在变形过程中还是要按住 Shift 键，以确保变形后仍然是正圆，如图 1.37 所示。

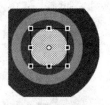

图 1.36　重复上述步骤多画几个圆　　　　图 1.37　按住 Shift 键确保变形后
　　　　　　　　　　　　　　　　　　　　　　　　　仍然是圆

在使用 □ 任意变形工具、○ 椭圆工具、■ 填充颜色和笔触颜色设置的过程中体会它们的作用。

1.4.2　日出

制作步骤如下：

（1）在左边的工具栏选择矩形工具，在下方属性栏中选好对应的边框类型，画一个如图 1.38 所示的矩形。

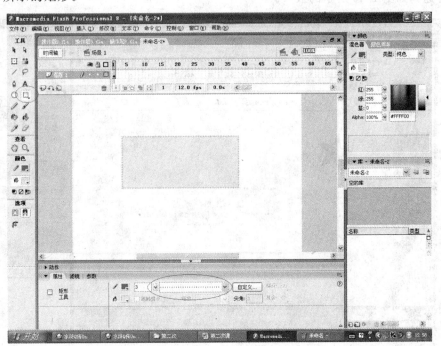

图 1.38　使用矩形工具

第 1 章

Flash 8 基础知识

（2）将矩形工具改为多边形工具，在下方属性栏中设置边数和多边形的凹凸状况，如图 1.39 所示绘制星形。

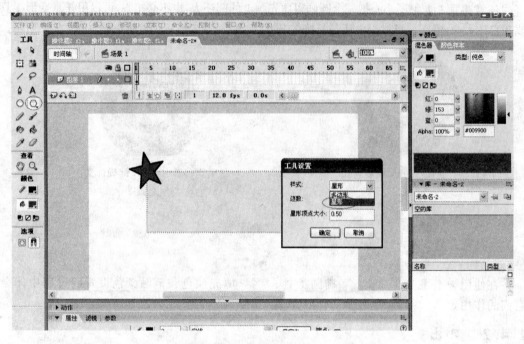

图 1.39　绘制星形

（3）用同样的方法，画一个八角星形，在选项中将"边数"设为 8，将边框的类型设置为虚线，即可达到如图 1.40 所示的效果。

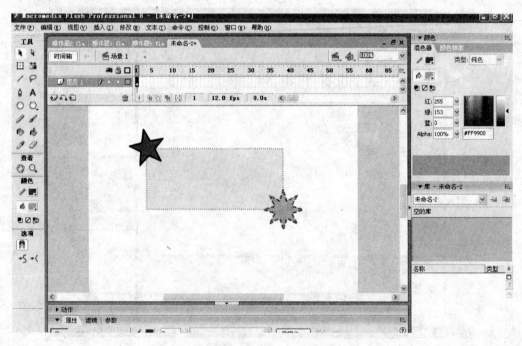

图 1.40　绘制一个八角星形

(4) 用"刷子工具"在矩形内画出地平线、小树和太阳,如图 1.41 所示。

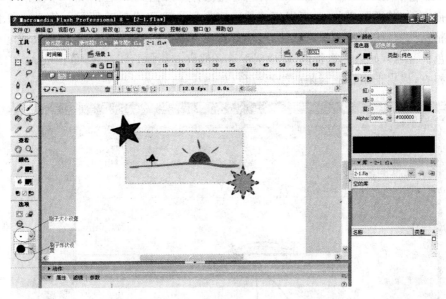

图 1.41 用"刷子工具"绘制地平线、小树和太阳

1.4.3 樱桃

制作步骤如下:

(1) 用"椭圆工具"绘制两个有立体感的球。注意这里要用到右上方的"混色器","类型"要选择"放射状",如图 1.42 所示。

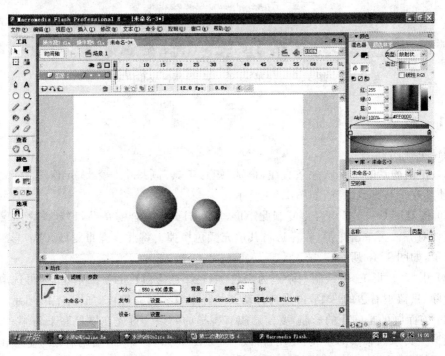

图 1.42 用"椭圆工具"绘制立体感的放射状球

（2）通过使用"线条工具"画出一条直线，当鼠标放到上面时会出现一小段弧线，此时按住左键拖曳，使其微微弯曲，就可以把树枝画出来了。再用线条工具画一条短一点的直线，再复制粘贴两次，仿照刚才画树枝的方法，使直线弯曲，使其组合成叶片的形状，再用颜料桶工具着色。注意：如果不能着色，就说明那 3 条线没有组成封闭曲线，可用放大镜工具放大后仔细检查，以保证组合成封闭曲线再着色，如图 1.43 所示。

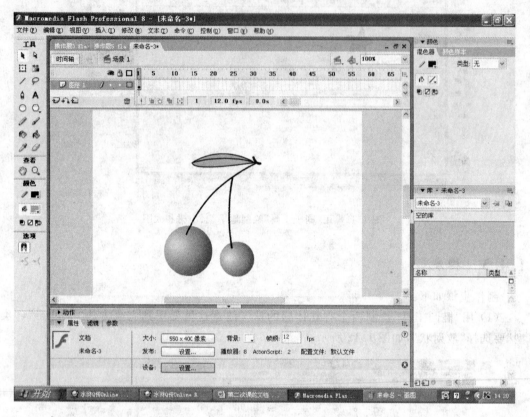

图 1.43　使用"线条工具"绘制树枝和树叶

1.4.4　彩旗

制作步骤如下：

（1）先在场景的中部画一条直线，再选"矩形工具"画一个长条形矩形，选好颜色，去掉边框，使其左端与直线对齐，如图 1.44 所示

（2）接着用 Ctrl＋C 组合键复制此矩形，用 Ctrl＋V 组合键粘贴，移动使之左端线与竖立的直线对齐。再单击矩形，在左边将其填充颜色换掉。将此步骤重复做几次，彩旗的条纹就做好了，如图 1.45 所示。

（3）用"多边形工具"绘制一个边为黑色、填充颜色为白色的十二角星形，再选取左边的一半删除，只留下右边的一半，再将其移动到与竖立直线对齐即可，如图 1.46 所示。

（4）前面画的是静止的彩旗，要使彩旗有飘扬的效果。首先在屏幕左下角画一条直线，再用矩形工具来画彩旗的条纹，使用"修改"|"变形"|"封套"命令，使用后矩形上会出现一些点，用鼠标左键拖动那些点就会使矩形变成波浪状起伏，如图 1.47 所示。

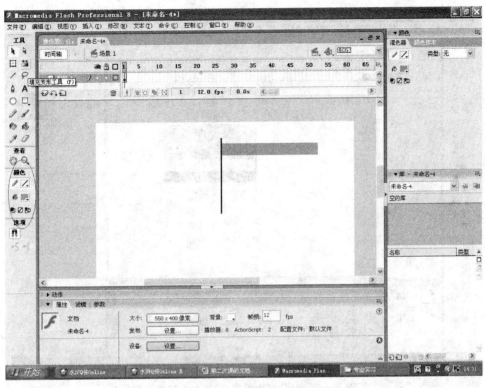

图 1.44　使用"矩形工具"绘制矩形

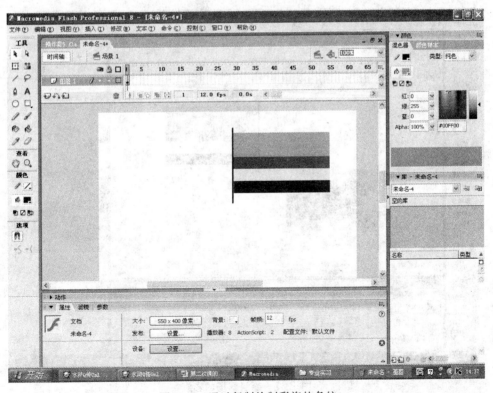

图 1.45　通过复制绘制彩旗的条纹

Flash 8 基础知识

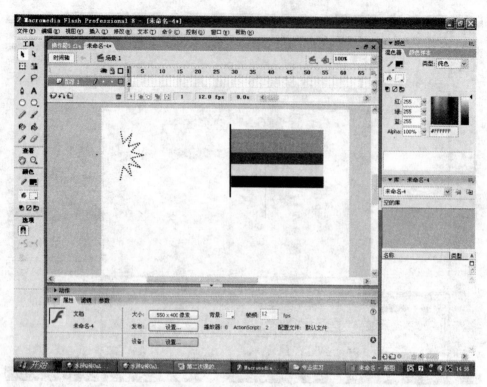

图 1.46　使用"多边形工具"绘制十二角星形

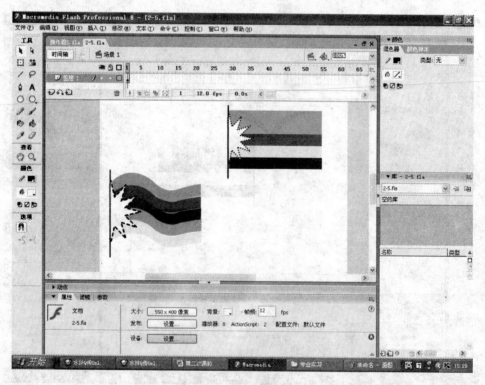

图 1.47　绘制飘扬的彩旗

(5) 按照步骤(3)的方法,用"多边形工具"绘制半个边框为黑色虚线、填充色为白色的十二角星形图案,将其移动到与左下方竖线对齐的位置即可。

1.4.5 胶囊

本实例使用混色器绘制了一个具有明暗光泽和立体效果的胶囊。

制作步骤如下:

(1) 打开 Flash 软件,选择"文件"|"新建"|"Flash 文档"命令,创建一个新的 Flash 文档,大小为 550×400,如图 1.48 所示。

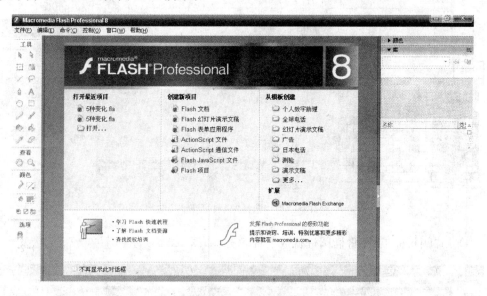

图 1.48 创建一个新的 Flash 文档

(2) 选择"椭圆工具",在场景居中位置绘制一个椭圆,如图 1.49 所示。

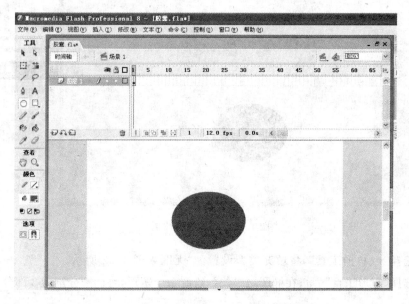

图 1.49 使用"椭圆工具"在场景中绘制椭圆

（3）在"颜料桶工具"（如图 1.50 所示）中，选择放射性填充。

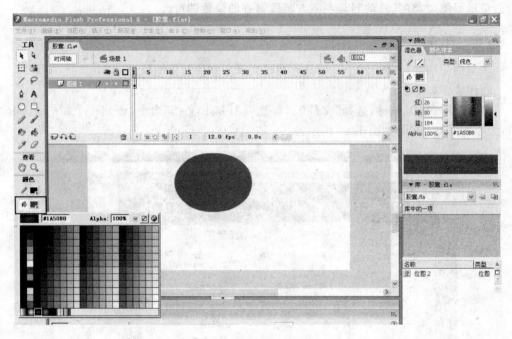

图 1.50　选择"颜料桶工具"

（4）用"颜料桶工具"将椭圆进行放射性填充，如图 1.51 所示。

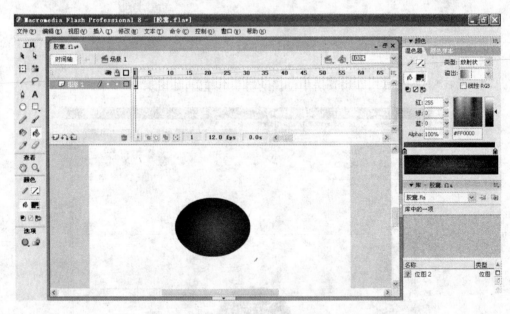

图 1.51　进行放射性填充

（5）选择"颜料桶工具"，将填充类型设置为"无"，如图 1.52 所示。

（6）选择"矩形工具" ，在椭圆居中位置绘制一个矩形，将椭圆分割为 3 部分，如图 1.53 所示。

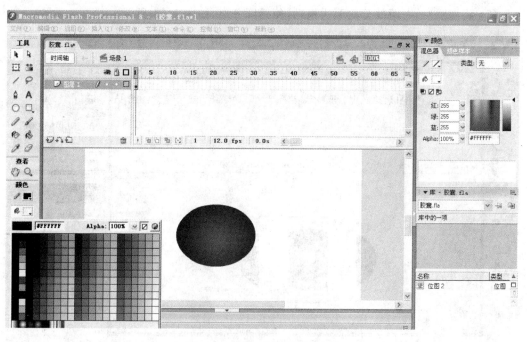

图 1.52　填充类型设置为"无"

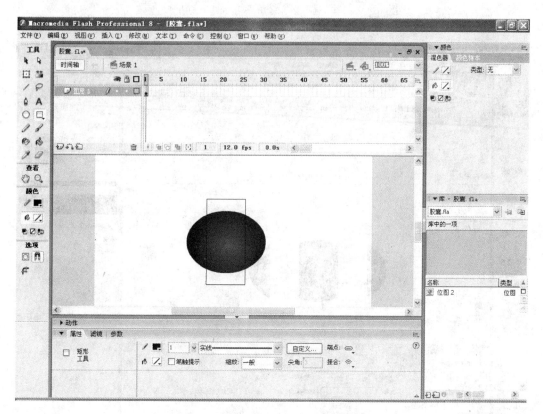

图 1.53　用矩形将椭圆分割为 3 部分

第
1
章

Flash 8 基础知识

(7) 将椭圆左、右两部分向两边拖动,使椭圆分离,如图 1.54 所示。

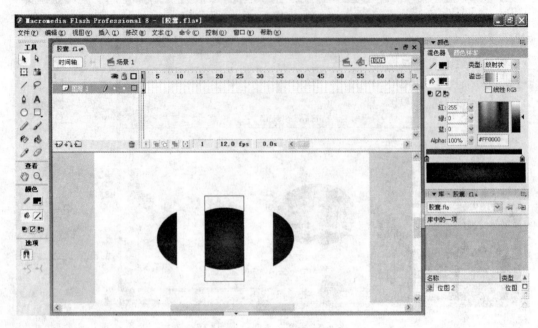

图 1.54　分离椭圆

(8) 使用"选择工具",删去矩形边框,如图 1.55 所示。

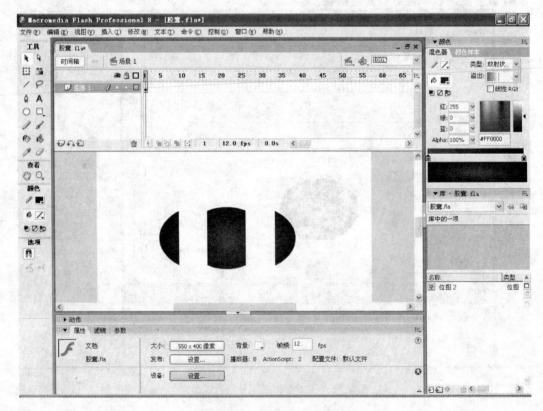

图 1.55　删去矩形边框

（9）使用"任意变形工具" ，将中间部分的椭圆分别向左右拉伸，如图 1.56 所示。

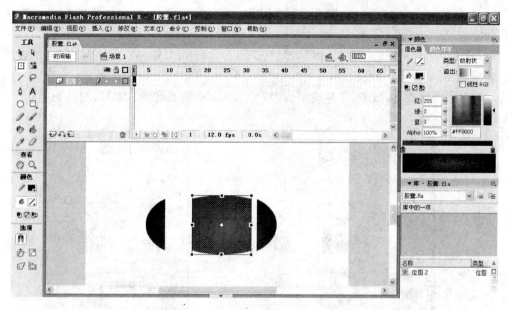

图 1.56　将中间部分的椭圆分别向左右拉伸

（10）使中部的椭圆与左右两端的椭圆相接，如图 1.57 所示。

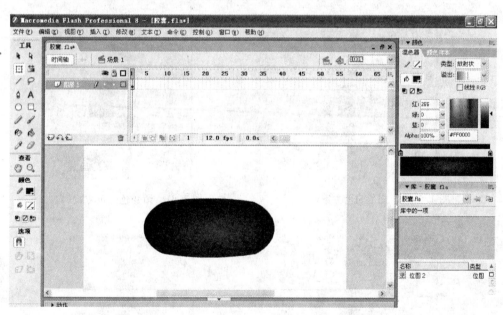

图 1.57　中部椭圆与左右两端的椭圆相接

可以按 Ctrl＋Enter 组合键观察一下效果。

1.4.6　光盘

本实例主要是使用椭圆工具来绘制一个发光效果的光盘。

操作步骤如下：

（1）新建一个 Flash 文档，按下 Ctrl＋Shift＋S 组合键保存，将文档命名为"光盘"，大小为 550×400，背景为白色。

（2）选择工具箱中的"椭圆工具"，然后按 Shift＋F9 组合键，或者选择"窗口"|"设置面板"|"混色器"命令，打开混色器。

（3）在"混色器"面板中，选择类型为"线性"，Alpha 值设置为 100％，配色如图 1.58 至图 1.65 所示。

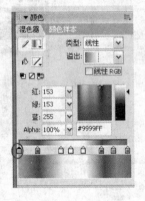

图 1.58　渐变色配色方案(1)

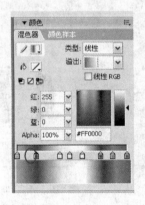

图 1.59　渐变色配色方案(2)

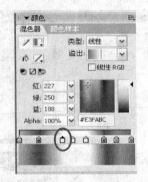

图 1.60　渐变色配色方案(3)

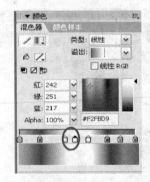

图 1.61　渐变色配色方案(4)

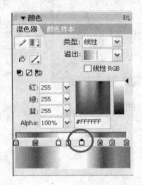

图 1.62　渐变色配色方案(5)

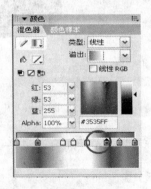

图 1.63　渐变色配色方案(6)

图 1.64　渐变色配色方案(7)

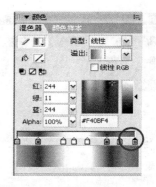

图 1.65　渐变色配色方案(8)

（4）在工具箱的"颜色"区域中,把笔触的颜色设置成无,然后按住 Shift 键,在工作舞台上拖动鼠标,画一个没有线框的正圆,如图 1.66 所示。

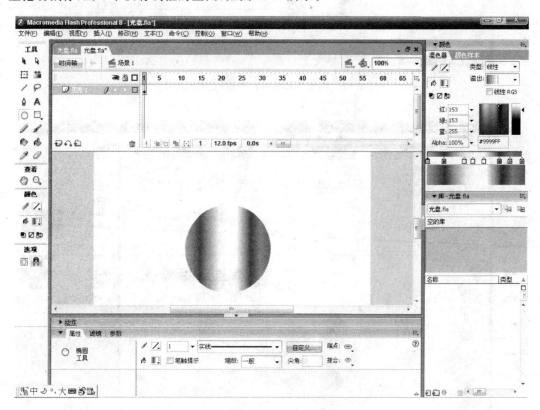

图 1.66　画一个没有线框的正圆

（5）选中画好的正圆,按下 Ctrl＋T 组合键,打开"变形"面板,选中"变形"面板中的"约束"选项,并把它的水平和垂直拉伸度修改成 99％,如图 1.67 所示。

（6）多次单击"变形"面板中的"复制并应用变形"按钮 ，直到圆形中间的小圆圈像光盘中间的圆圈大小为止,如图 1.68 所示。

Flash 8 基础知识

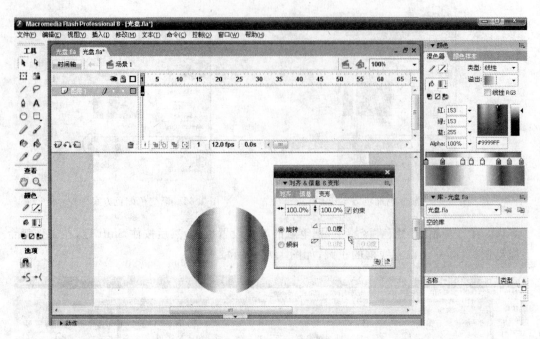

图 1.67　将水平和垂直拉伸度修改成 99%

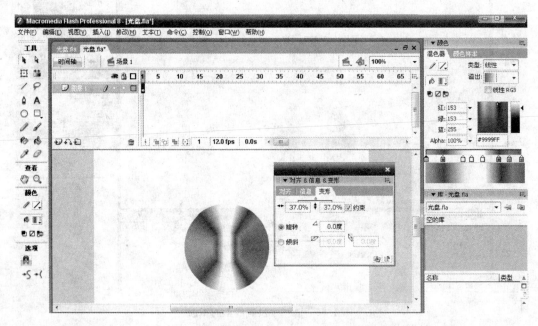

图 1.68　多次单击"变形"面板中的"复制并应用变形"按钮

（7）选择工具箱中的"椭圆工具"，并按住 Shift 键，在舞台的空白区域上画一个比圆形中间的圆圈稍微大一点的无轮廓线的小圆。

（8）选择工具箱中的"选择工具"，把刚刚绘制好的小圆移动到圆形的中间，并覆盖它中间的圆圈，如图 1.69 所示。

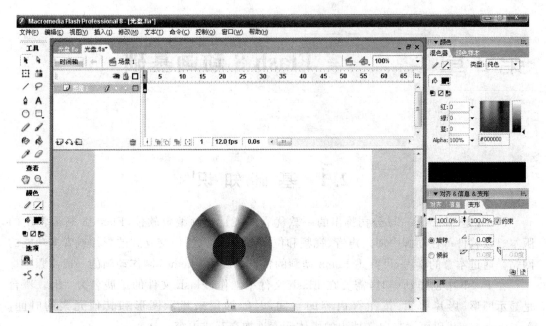

图 1.69　绘制小圆并移动到大圆形的中间

（9）选择工具箱中的"颜料桶工具"，在"颜色"区域中把颜色设置成白色，然后使用颜料工具桶单击小圆，使它变成白色。操作完成，绘制好的光盘如图 1.70 所示。

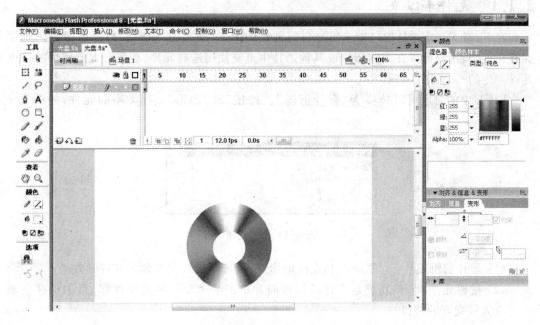

图 1.70　将小圆颜色设置成白色

Flash 8 基础知识

第2章 Flash 8 动画基础

2.1 基础知识

Flash 是 Macromedia 公司推出的一款优秀的矢量动画编辑软件,Flash 8 是最常用的版本。该软件可在动画中加入声音、视频和位图图像,可以制作交互式的影片或者多功能的网站。通过本章的学习,可熟悉 Flash 动画的特点以及用 Flash 8 制作动画的一般步骤。

在 Flash 中创作动画时,需要在 Flash 文件中工作,Flash 文件的扩展名为 .fla。舞台是显示图形、影片剪辑、按钮等内容的空间,时间轴用来显示图形和其他元素的时间,ActionScript 代码可用来向文档中的媒体元素添加交互式内容。

完成 Flash 文件后,可以使用"文件"|"发布"命令发布它。这会创建文件的一个压缩版本,其扩展名为 .swf,可以将其作为独立的应用程序进行播放。

2.1.1 元件和实例

在 Flash 中,元件是指自带或用户自行创建的图形、动画、按钮或者影片剪辑等。元件保存在库中,用户可以在当前影片或其他影片中重复使用这些元件,在舞台上所使用的是该元件产生的一个元件实例。

Flash 中的对象可以转换为"影片剪辑"、"按钮"和"图形"3 种类型的元件,如图 2.1 所示。

图 2.1　新建元件

(1) 影片剪辑元件:它是一个独立的电影片段,可以带有交互效果和音频效果。

(2) 按钮元件:它的功能是支持鼠标指向并单击某个物体的互动操作,目的是在动画中建立人机交互的接口。

(3) 图形元件:它可以是一个包含图像和文字的对象,也可以是一段没有加入交互效果和声音效果的独立动画片段。

1. 元件

先完成一个小例子,用"椭圆工具"在"舞台"上画个圆。

选择这个圆,看看它的"属性"面板,如图 2.2 所示,它被 Flash 叫做"形状",它的属性有"宽度"、"高度"和"坐标值"。

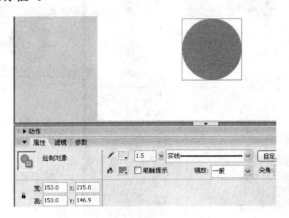

图 2.2　图形元件的属性

在 Flash 中,可以改变"形状"的外形、尺寸、位置,可以进行"形状变形"。要使"形状"发挥更大作用,就需要把它转换为"元件"。

使用选择工具选中"椭圆形状",执行"修改"|"转换为元件"命令,或者按 F8 键,将"椭圆形状"转换成默认名称为"元件 1"的元件,选择"类型"为"图形",单击"确定"按钮,把"椭圆形状"转为图形元件,如图 2.3 所示。

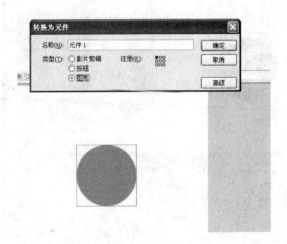

图 2.3　元件转换

执行"窗口"|"库"命令,打开"库",发现"库"中有了第一个项目——元件 1,如图 2.4 所示。

使用选择工具选择"舞台"上的这个元件对象,发现这个对象变成了一个"整体",周围出现一个矩形框,它的"属性"面板也丰富了很多,如图 2.5 所示。

对这个对象能够进行颜色设置等,还能进行 Flash"动作变形"动画的设置。

说到"元件",就离不开"库",因为"元件"仅存在于"库"中,可以把"库"比喻为后台的"演员休息室"。

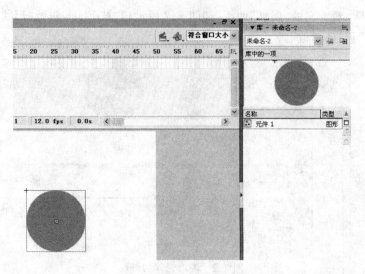

图 2.4　"库中的一项"——元件 1

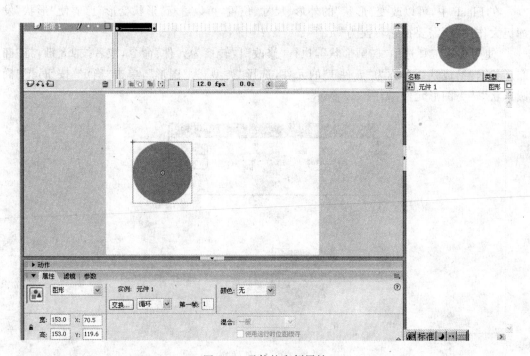

图 2.5　元件的实例属性

"休息室"中的演员随时可进入"舞台"演出，无论该演员出场多少次或者在"舞台"上扮演不同角色，动画发布时，其播放文件仅占有"一名演员"的空间，从而节省了大量资源。

2. 实例

沿用上面的比喻，演员从"休息室"走上"舞台"就是"演出"；同理，"元件"从"库"中进入"舞台"，就被称为该"元件"的"实例"。

这个比喻与现实中的情况有点不同，在 Flash 中，"演员"从后台走上"舞台"时，"后台休息室"中的"演员原型"还会存在，或者可以把走上前台的"演员"称为"副本演员"，也就是实例。

如图 2.6 所示，从"库"中把"元件 1"向舞台场景拖放 3 次，在"舞台"中就有了"元件 1"的 3 个"实例"。

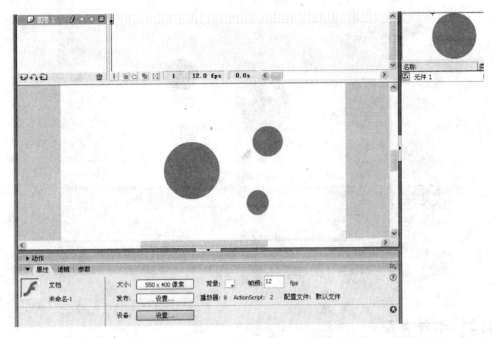

图 2.6 "元件 1"的 3 个实例

可以分别对各个"实例"的颜色、方向、大小进行设置，具体操作可以用不同面板配合使用，如图 2.7 所示。

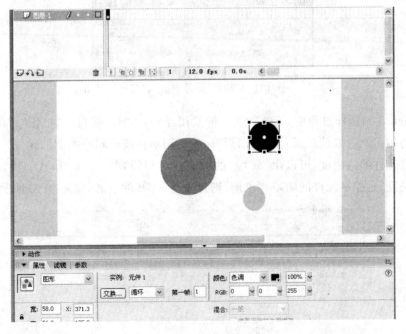

图 2.7 实例的属性设置

Flash 8 动画基础

不仅能改变实例的外形、位置、颜色等属性,还可以通过"属性"面板改变其"类型",如图 2.8 所示。

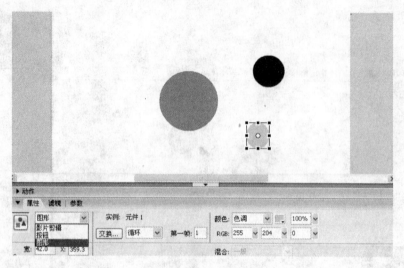

图 2.8　实例的"类型"修改

2.1.2　元件类型

执行"插入"|"新建元件"命令,可以看到有 3 种元件,分别是"影片剪辑"、"按钮"和"图形",如图 2.9 所示。

图 2.9　3 种元件,分别是"影片剪辑"、"按钮"和"图形"

在 Flash 动画制作过程中,有 3 种类型的常用元件:"影片剪辑"、"按钮"、"图形",它们各有不同的用途。一般使用都是先画出图形,再将图形转换成相应类型的元件。

要设置元件的透明度,可以由"属性"的"颜色"项目设定 Alpha 值,从而决定物件的透明程度,"亮度"是控制元件的明暗,"色调"则是改变 RGB 的色彩,如图 2.10 所示。

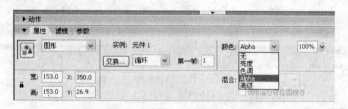

图 2.10　修改元件的透明度

2.1.3 创建和编辑实例

（1）在时间轴上选择一层，Flash 只可以把实例放在关键帧中，并且总在当前层上，如图 2.11 所示。

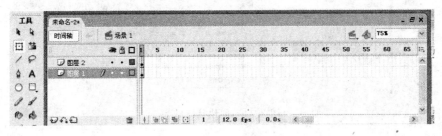

图 2.11　创建和编辑实例

（2）选择"窗口"|"库"命令来打开库，如图 2.12 所示。

图 2.12　库面板中的元件

（3）将该元件从库中拖到舞台上，如图 2.13 所示。

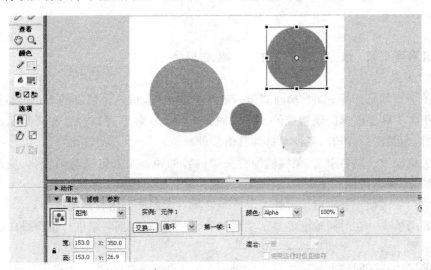

图 2.13　将元件从库拖到舞台上

（4）如果已经创建了图形元件的实例，请选择"插入"|"时间轴"|"帧"命令来添加一定数量的帧，这些帧将会包含该图形元件，如图 2.14 所示。

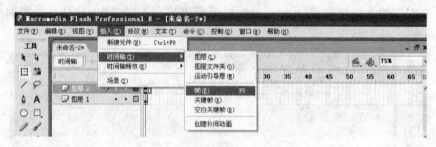

图 2.14 创建延续的帧

2.1.4 帧的操作

我们知道，电影是由一格一格的胶片按照顺序播放出来的，由于人眼有视觉暂留现象，这一格一格的胶片按照一定速度播放出来，就会看到"动"起来的效果。动画也是同一原理，Flash 中的"帧"——时间轴上的一个小格就像一格一格的胶片。

在默认状态下，每隔 5 帧进行数字标示，如图 2.15 所示。

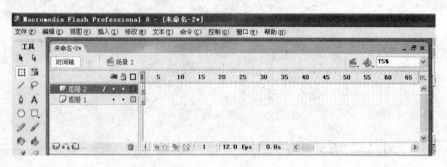

图 2.15 帧

1. 几种类型帧：帧、关键帧、空白关键帧、普通帧

1）特点

- 帧——帧是进行 Flash 动画制作的最基本的单位，每一个精彩的 Flash 动画都是由很多个精心雕琢的帧构成的。在时间轴上的每一帧都可以包含需要显示的所有内容，包括图形、声音、各种素材和其他多种对象。
- 关键帧——顾名思义，关键帧即有关键内容的帧。用来定义动画变化、更改状态的帧，即编辑舞台上存在实例对象并可对其进行编辑的帧。
- 空白关键帧——空白关键帧是没有包含舞台上的实例内容的关键帧。
- 普通帧——在时间轴上能显示实例对象，但不能对实例对象进行编辑操作的帧。

2）区别

- 关键帧在时间轴上显示为实心的圆点，空白关键帧在时间轴上显示为空心的圆点，普通帧在时间轴上显示为灰色填充的小方格。
- 在同一层中，在前一个关键帧的后面任一帧处插入关键帧，是复制前一个关键帧上的对象,并可对其进行编辑操作;如果插入普通帧,则是延续前一个关键帧上的内容,不可对其进行编辑操作;若插入空白关键帧,则可清除该帧后面的延续内容,可以在空白关键帧上添加新的实例对象。

- 关键帧和空白关键帧上都可以添加帧动作脚本,在普通帧上则不能。

3) 应用中需注意的问题

- 应尽可能节约关键帧的使用,以减小动画文件的体积。
- 尽量避免在同一帧处过多地使用关键帧,以减小动画运行的负担,使画面播放流畅。

2. 几种类型动画:帧帧动画、形状补间动画、运动补间动画

1) 特点

- 帧帧动画——帧帧动画是 Flash 动画最基本的形式,是通过更改每一个连续帧在编辑舞台上的内容来建立的动画。
- 形状补间动画——形状补间是 Flash 非常重要的表现手法之一,运用它可以变换出各种奇妙的、不可思议的变形效果。在一个时间点(关键帧)绘制一个形状,然后在另一个时间点(关键帧)更改形状或绘制另一个形状,根据二者之间帧的值或形状来创建的动画被称为"形状补间"。它的条件是:用绘制的图形可以直接做,如果是"元件"、"按钮"或"文字",则必须"打散"再变形。
- 运动补间动画——动画补间可用于设置元件的大小、位置、颜色、透明度、旋转等各种属性,配合别的手法也可以制作出令人称奇的仿 3D 效果来。在一个时间点(关键帧)放置一个元件,然后在另一个时间点(关键帧)改变这个元件的大小、颜色、位置、透明度等,根据二者的帧的值创建的动画称为"动画补间"。它的条件是:对象必须是"元件"或"成组对象"。

2) 区别

- 帧帧动画的每一帧都使用单独的画面,适合于每一帧中的图像都在更改而不是仅仅简单地在舞台中移动的复杂动画。
- 形状补间在起始端点绘制一个图形,再在终止端点绘制另一个图形,可以实现一幅图形变为另一幅图形的效果。
- 运动补间在起始端点定义一个实例的位置、大小、色彩等属性,在终止端点改变这些属性,可以实现翻转、渐隐渐现等效果。

3) 应用中需注意的问题

- 如果在创建补间动画时,时间轴上出现虚线箭头,表示补间不成功,应检查两个端点的对象是不是符合做形状补间或动作补间的对象。
- 可以利用变形提示点来控制形状渐变的效果,利用变形提示点,两端的形状越简单效果越好。

2.1.5 图层的操作

图层可以看成是叠放在一起的透明胶片,可以透过它直接看到下一层。所以可以根据需要,在不同层上编辑不同的动画而互不影响,并在放映时得到合成的效果。

层有两大特点:

(1)除了画有图形或文字的地方,其他部分都是透明的,也就是说,下层的内容可以通过透明的这部分显示出来。

（2）要绘制、上色或者对图层或文件夹进行修改，需要在时间轴中选择该图层以激活它。图层又是相对独立的，修改其中一层，不会影响到其他层。

当创建了一个新的 Flash 文档之后，它仅包含一个图层。可以添加更多的图层，以便在文档中组织插图、动画和其他元素。

可以通过创建图层文件夹然后将图层放入其中来组织和管理这些图层。可以在时间轴中展开或折叠图层文件夹，而不会影响在舞台中看到的内容。

单击图层使它处于活动状态，可以对该层进行各种操作。

（1）隐藏图层：在编辑时是看不见的，同时，处于隐藏状态的图层不能进行任何修改。这就告诉了我们一个小技巧，当要对某个图层进行修改又不想被其他层的内容干扰时，可以先将其他图层隐藏起来。

（2）锁定图层：被锁定的图层无法进行任何操作。在 Flash 制作中，应该养成好习惯：一旦完成一个层的制作就立刻把它锁定，以免误操作带来麻烦。

（3）外框模式：处于外框模式的层，其上的所有图形只能显示轮廓。请注意，其他图层都是实心的方块，独有此层是外框形式。

2.2　简单动画案例

2.2.1　5 种渐变

本实例使用任意变形工具及混色器实现了图片的移动、变形、翻转及颜色的不同变换。

具体实验步骤如下：

（1）打开 Flash 软件，选择"文件"|"新建"|"Flash 文档"命令，创建一个新的 Flash 文档，大小为 550×400，如图 2.16 所示。

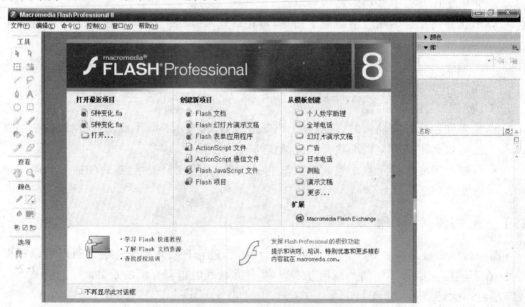

图 2.16　创建一个新的 Flash 文档

（2）选择"文件"|"导入"|"导入到库"命令，将需处理的图片导入到当前 Flash 文档的库中，如图 2.17 所示。

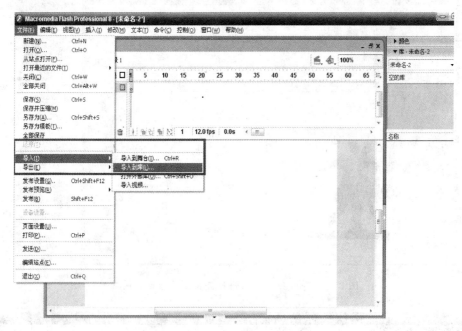

图 2.17 将图片导入当前库中

（3）弹出如图 2.18 所示的对话框，在其中选择图片。

图 2.18 选择图片

（4）位置变化。

① 在当前场景第 1 帧位置上按 F6 键插入一个关键帧。在这一帧中将导入到库中的图片拖入到场景最左端，如图 2.19 所示。

② 在场景中第 30 帧的位置按 F6 键插入一个关键帧。将场景中的图片向右平移到场景中靠右的位置，如图 2.20 所示。

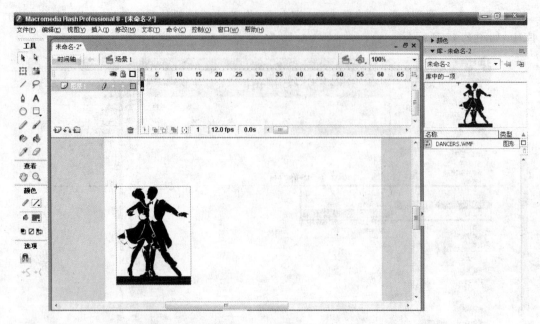

图 2.19　第 1 帧插入关键帧并将图片拖入到场景

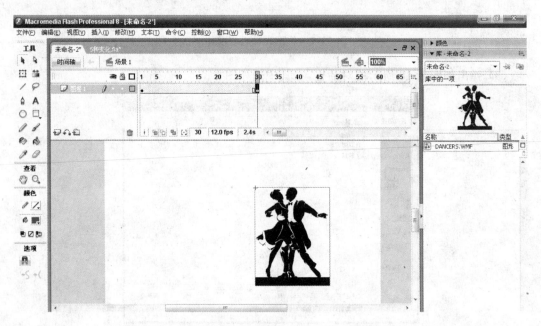

图 2.20　第 30 帧插入关键帧,将场景中的图片向右平移

（5）大小变化。

① 在场景中第 45 帧的位置按 F6 键插入一个关键帧。选择左侧工具条中的"任意变形工具"▢,将场景中的图片缩小,如图 2.21 所示。

② 在场景中第 65 帧的位置按 F6 键插入一个关键帧。

选择左侧工具条中的"任意变形工具",将场景中的图片放大至接近原来的大小,并使用"任意变形工具"将图片旋转一定的角度,如图 2.22 所示。

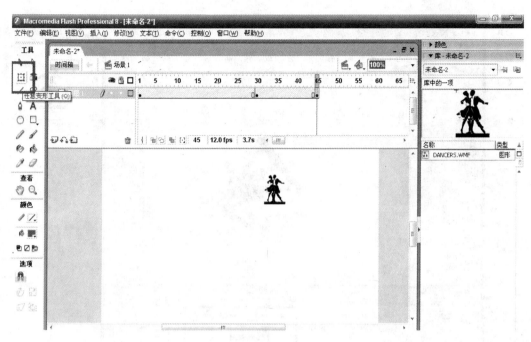

图 2.21　第 45 帧插入关键帧,选择"任意变形工具"缩小图片

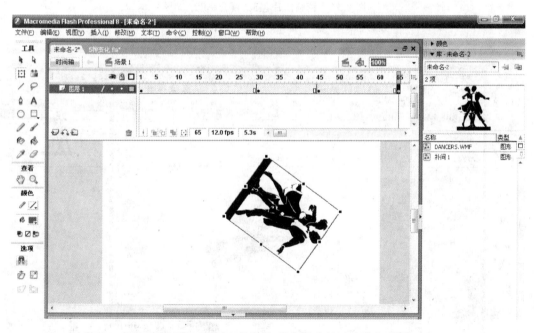

图 2.22　第 65 帧插入关键帧,将场景中的图片放大、旋转

(6) 颜色变化。

① 选中场景中的图片,选择"属性"面板中的"颜色"|"色调"命令,并将图片色调右侧的"百分率"调整为 50%,如图 2.23 所示。

② 在"色调"右侧的"颜色板"中选择相应的颜色,图 2.24 中所选取的是紫色。

Flash 8 动画基础

44

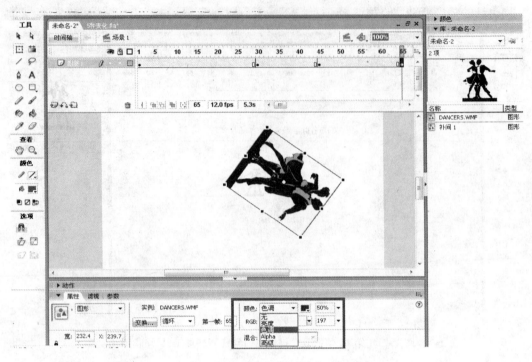

图 2.23　调整图片色调"百分率"为 50%

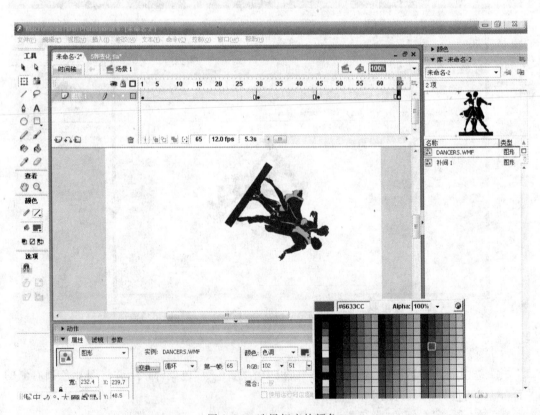

图 2.24　选择相应的颜色

③ 在场景中第 85 帧的位置按 F6 键插入一个关键帧。选中场景中的图片,选择"属性框"|"颜色"|"无"选项,如图 2.25 所示。

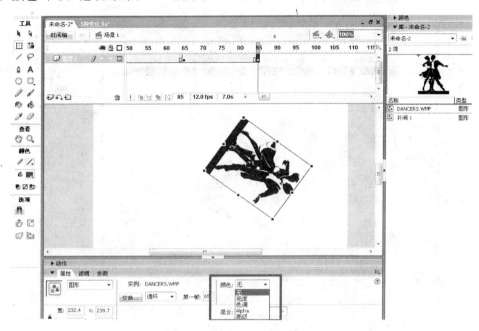

图 2.25　第 85 帧插入关键帧,选择"属性框"|"颜色"|"无"选项

④ 在场景中第 110 帧的位置按 F6 键插入一个关键帧。再次将"属性框"中的颜色效果选为"色调",并将相应的"百分率"调整为 98%,如图 2.26 所示。

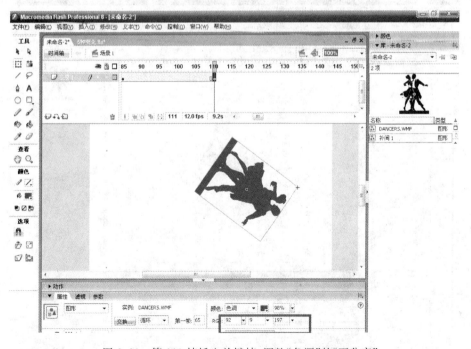

图 2.26　第 110 帧插入关键帧,调整"色调"的"百分率"

（7）选中当前场景的第一帧，按住 Shift 键，选中最后一帧。在时间轴上右击，在弹出的快键菜单中选择"创建补间动画"命令，如图 2.27 所示。

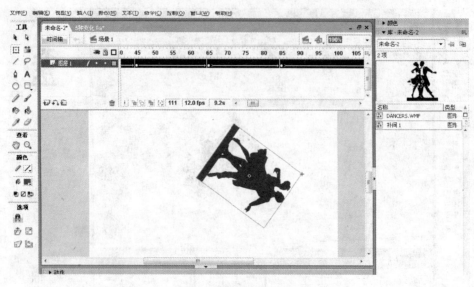

图 2.27　创建补间动画

（8）选中 45 帧至 65 帧中的任意一帧。

选择"属性框"中的"旋转"下拉菜单，选择图片的旋转方式和旋转次数。图 2.28 中旋转方式为顺时针，旋转次数为 3。

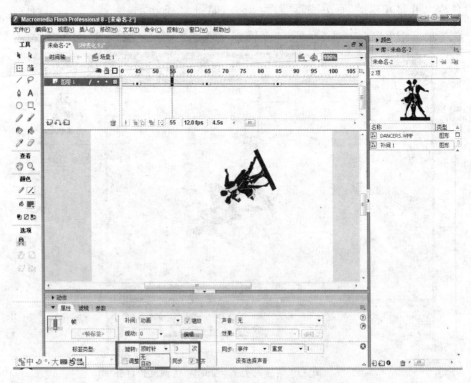

图 2.28　设置图片的旋转方式和旋转次数

2.2.2 延伸矩形

本实例主要是使用"直线工具"、"形状"补间动画,在工作舞台上绘制不断延伸成矩形的红色直线,其操作步骤如下:

(1) 新建一个 Flash 文档,按 Ctrl+Shift+S 组合键保存,将文档命名为"延伸矩形",大小为 400×150,背景为浅灰色(#999999)。

(2) 在图层 1 的场景中右击,在弹出的快捷菜单中选择"网格"|"显示网格"命令,如图 2.29 所示。

(3) 在左边工具栏中设置笔触颜色为红色,用"线条工具"绘制一条短横线,如图 2.30 所示。

图 2.29　显示网格

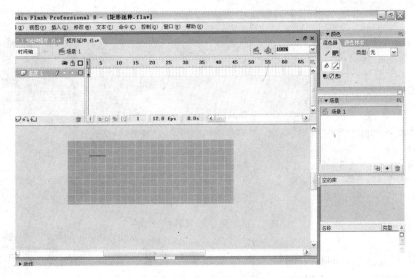

图 2.30　用"线条工具"绘制短横线

(4) 在第 20 帧处按 F6 键插入关键帧,应用"变形工具",按住 Shift 键将直线拉长,如图 2.31 所示。

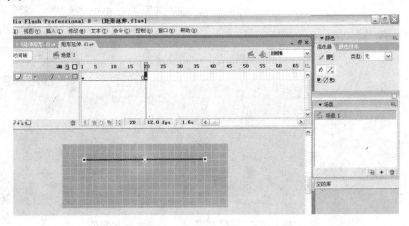

图 2.31　第 20 帧插入关键帧并应用"变形工具"将直线拉长

Flash 8 动画基础

（5）在时间轴上选择第 1 帧，在"属性"面板的"补间"下拉列表框中选择"形状"选项。在第 60 帧处按 F5 键插入帧延长时间，如图 2.32 所示。

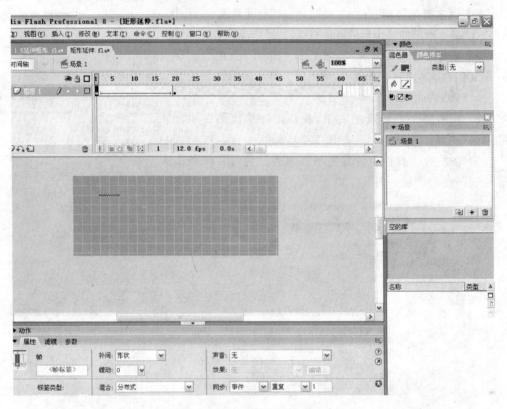

图 2.32　创建形状补间动画

（6）单击"时间轴"面板中的插入图层按钮 ，新增一层，即"图层 2"，在第 20 帧处按 F6 键插入关键帧，在"图层 2"中画一条短竖线，如图 2.33 所示。

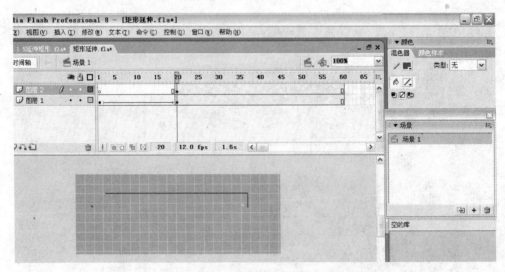

图 2.33　插入"图层 2"并插入关键帧画短竖线

（7）在"图层2"第30帧处按F6键插入关键帧，应用"变形工具"，按住Shift键将直线拉长，然后选择"图层2"的第20帧，在"属性"面板的"补间"下拉列表框中选择"形状"选项，如图2.34所示。

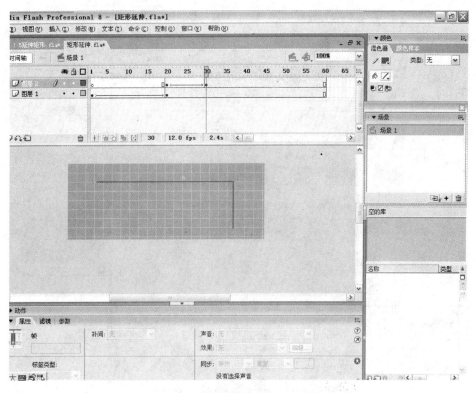

图2.34 在"图层2"创建形状补间

（8）单击"时间轴"面板中的插入图层按钮 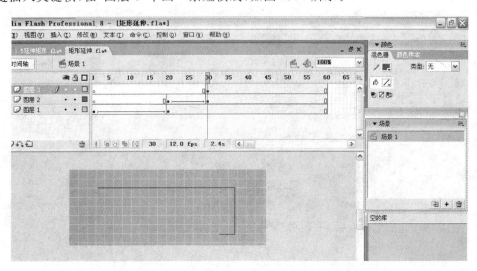，新增一层，即"图层3"，在第30帧处按F6键插入关键帧，在"图层3"中画一条短横线，如图2.35所示。

图2.35 插入"图层3"并插入关键帧画短横线

Flash 8 动画基础

(9) 在"图层 3"第 50 帧处按 F6 键插入关键帧,应用"变形工具",按住 Shift 键将直线拉长,在时间轴上选择第 30 帧,在"属性"面板的"补间"下拉列表框中选择"形状"选项,如图 2.36 所示。

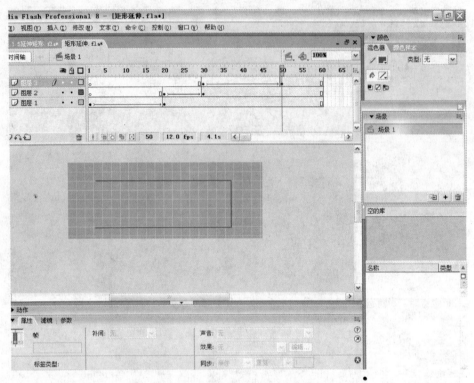

图 2.36　在"图层 3"创建形状补间

(10) 单击"时间轴"面板中的插入图层按钮 ，新增一层,即"图层 4",在第 50 帧处按F6 键插入关键帧,在"图层 4"中画一条短竖线,如图 2.37 所示。

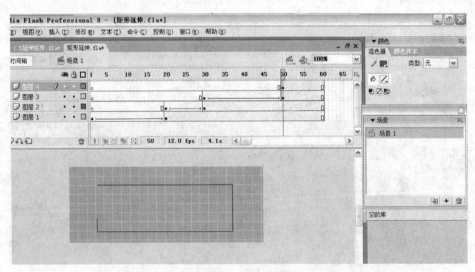

图 2.37　插入"图层 4"并插入关键帧画短竖线

（11）在"图层4"第60帧处按F6键插入关键帧,应用"变形工具",按住Shift键将直线拉长,在时间轴上选择第50帧,在"属性"面板的"补间"下拉列表框中选择"形状"选项,如图2.38所示。

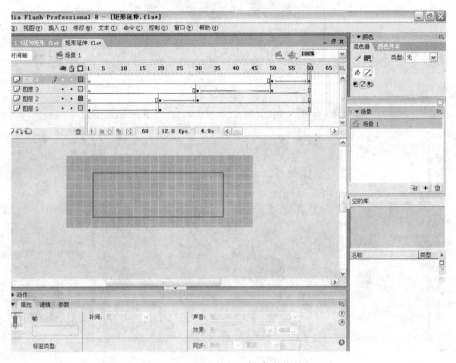

图2.38　在"图层4"创建形状补间

2.2.3　圣诞树

本实例主要运用影片剪辑元件及混色器,制造出圣诞树灯光闪烁的效果。其制作步骤如下:

（1）打开Flash软件,选择"文件"|"新建"|"Flash文档"命令,创建一个新的Flash文档,场景大小设置为300×200,背景颜色为♯D5AF04,如图2.39所示。

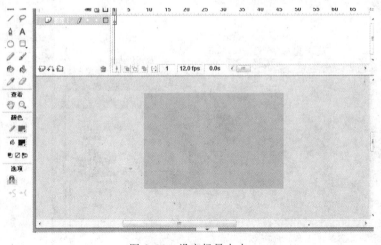

图2.39　设定场景大小

Flash 8 动画基础

（2）制作元件。选择"插入"|"新建元件"命令，新建一个图形元件，命名为"灯"，如图 2.40 所示。

图 2.40　新建元件

（3）使用"椭圆工具"○，在第 1 帧中绘制一个圆，如图 2.41 所示。

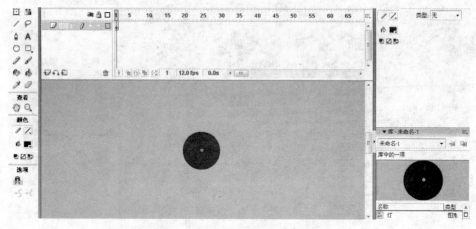

图 2.41　绘制圆

（4）使用"混色器"，将"填充类型"设置为"放射状"，左端颜色为＃FFFFFF，Alpha 透明度为 100％，右端颜色为＃F4F4F4，Alpha 透明度为 9％。

使用"颜料桶"工具，对圆形进行填充，效果如图 2.42 所示。

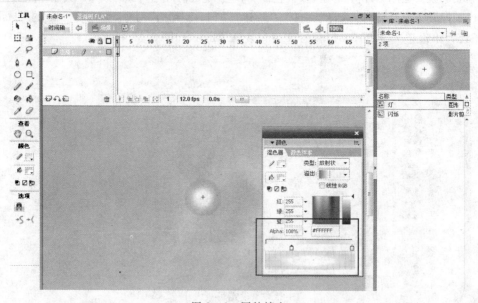

图 2.42　圆的填充

（5）选择"插入"|"新建元件"命令，新建一个影片剪辑元件，命名为"闪烁"，如图 2.43 所示。

图 2.43　新建元件

（6）将图形元件"灯"拖入影片剪辑第 1 帧，将其"属性"|"颜色"|"亮度"设为−10%，如图 2.44 所示。

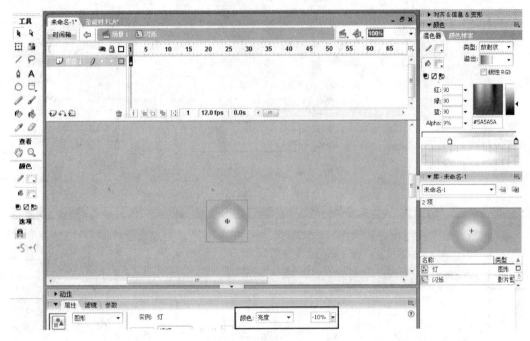

图 2.44　设定亮度

（7）在第 7 帧处按 F6 键插入关键帧，将图形元件"灯"的"属性"|"颜色"|"亮度"调整为−40%，如图 2.45 所示。

（8）在第 16 帧处按 F6 键插入关键帧，将图形元件"灯"的"属性"|"颜色"|"亮度"调整为 100%，如图 2.46 所示。

（9）在时间轴上按住 Shift 键，选中第 1 帧至第 16 帧，右击，在弹出的快捷菜单中选择"创建补间动画"命令（此时可按 Enter 键看一下影片剪辑的效果），如图 2.47 所示。

（10）选择"插入"|"新建元件"命令，新建一个影片剪辑元件，命名为"树"，如图 2.48 所示。

（11）使用"铅笔工具" 🖉 和"颜料桶工具" 🎨，在影片剪辑中绘制一棵树，效果如图 2.49 所示。若绘制有困难，此处也可导入一幅图片，拖入影片剪辑中。

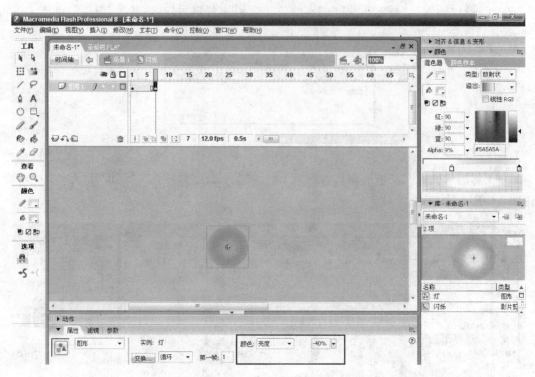

图 2.45　修改第 7 帧亮度

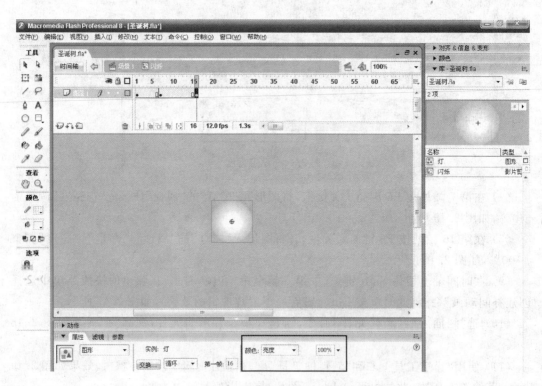

图 2.46　修改第 16 帧亮度

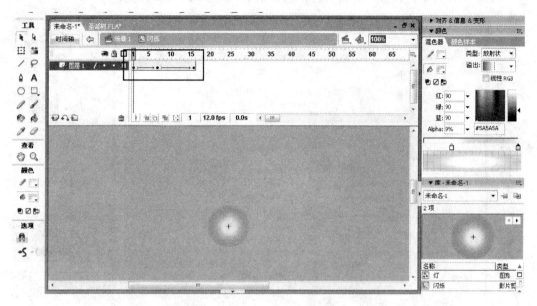

图 2.47 建立补间动画

图 2.48 新建"树"元件

图 2.49 绘制"树"元件

第 2 章

Flash 8 动画基础

（12）制作背景。将影片剪辑"树"拖入场景中，如图 2.50 所示。

图 2.50　将"树"元件拖入场景

（13）添加一个"图层 2"，使用"刷子工具" ，在"地面"及"树冠"上画出"雪景"，如图 2.51 所示。分别在两图层第 20 帧的位置上按 F5 键添加延长帧。

图 2.51　绘制"雪"

（14）选中"图层1"中影片剪辑"树"，将其"属性"|"颜色"|"色调"颜色设为♯66CC00，"百分比"设为38％，如图2.52所示。

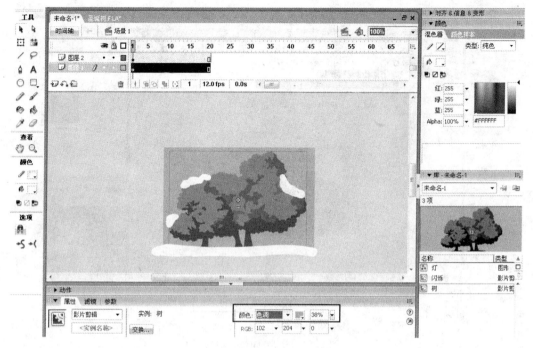

图 2.52　绘制"树"元件

（15）闪烁的灯光。添加一个"图层3"，在第2帧的位置上按F6键添加关键帧，将影片剪辑元件"闪烁"拖入场景，并使用"任意变形工具"将其缩放至适当大小，如图2.53所示。

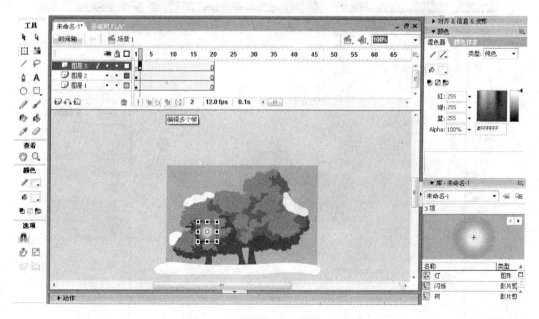

图 2.53　将"闪烁"元件拖入场景

Flash 8 动画基础

（16）在"图层 3"中第 2 帧的位置上，再拖入一个影片剪辑"闪烁"，将其"属性"|"颜色"|"色调"调整为＃FFFF00，"百分比"调整为 53％，如图 2.54 所示。

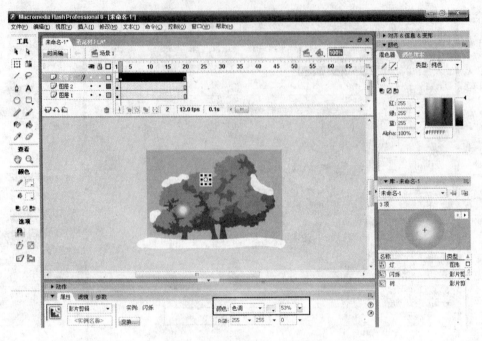

图 2.54　修改"闪烁"元件属性

（17）在"图层 3"第 14 帧的位置上按 F6 键添加关键帧，将第 2 帧位置上插入的两个影片剪辑删除，如图 2.55 所示。

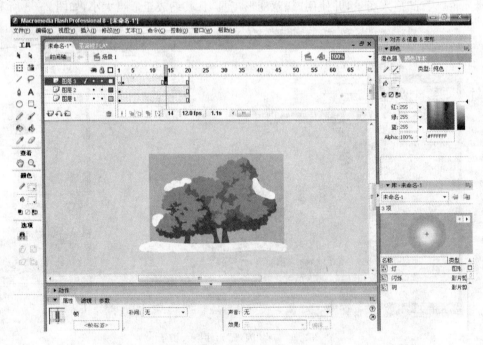

图 2.55　修改"图层 3"

（18）重新拖入一个"闪烁"元件，并将其"属性"|"颜色"|"色调"调整为＃FFFF00，"百分比"调整为38％，如图2.56所示。

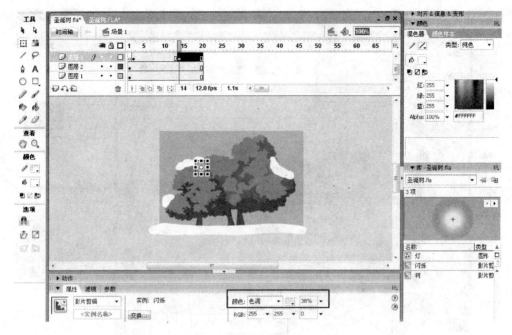

图2.56　拖入"闪烁"元件

（19）再拖入一个影片剪辑"闪烁"元件，并将其"属性"|"颜色"|"色调"调整为＃99FF00，"百分比"调整为53％，如图2.57所示。

图2.57　修改"闪烁"元件

Flash 8 动画基础

（20）拖入第三个"闪烁"元件，并将其"属性"|"颜色"|"色调"调整为＃FF0000，"百分比"调整为 68％，如图 2.58 所示。

图 2.58　拖入新的"闪烁"元件

（21）添加一个"图层 4"，在第 4 帧的位置上按 F6 键添加关键帧，将"闪烁"拖入场景，并使用"任意变形工具"将其缩放至适当大小，如图 2.59 所示。

图 2.59　添加"图层 4"

（22）拖入一个"闪烁"元件，并将其"属性"|"颜色"|"色调"调整为＃FF00FF，"百分比"调整为100%，如图2.60所示。

图2.60　修改"闪烁"元件属性

（23）添加一个"图层5"，在第8帧的位置上按F6键添加关键帧，将"闪烁"拖入场景，并使用"任意变形工具"将其缩放至适当大小，如图2.61所示。

图2.61　调整"闪烁"元件大小

（24）在"图层 5"第 13 帧的位置上按 F6 键添加关键帧，再拖入一个"闪烁"元件，并将其"属性"|"颜色"|"色调"调整为＃FF0000，"百分比"调整为 53％，如图 2.62 所示。

图 2.62　修改"闪烁"元件色调

（25）添加一个"图层 6"，拖入一个"闪烁"元件，并将其"属性"|"颜色"|"色调"调整为＃FF00FF，"百分比"调整为 53％，如图 2.63 所示。

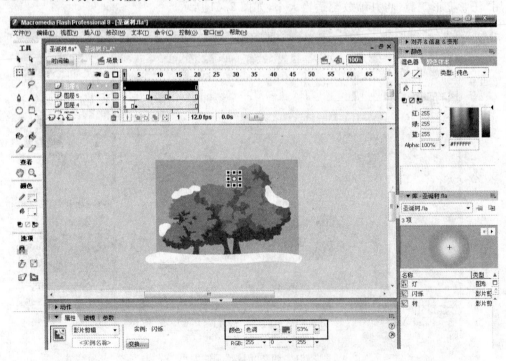

图 2.63　添加"图层 6"

（26）拖入一个"闪烁"元件，并将其"属性"|"颜色"|"色调"调整为#00FFFF，"百分比"调整为89%，如图2.64所示。

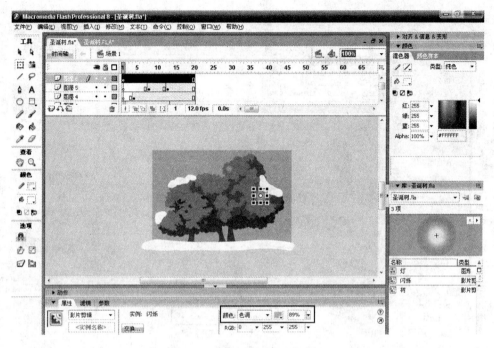

图 2.64　修改"闪烁"元件色调

（27）添加一个"图层7"，在第5帧的位置上，将"闪烁"元件拖入场景，并使用"任意变形工具"将其缩放至适当大小，如图2.65所示。

图 2.65　添加"图层7"

第 2 章

Flash 8 动画基础

(28) 拖入一个"闪烁"元件,并将其"属性"|"颜色"|"色调"调整为 ♯FFCC00,"百分比"调整为 68％,如图 2.66 所示。

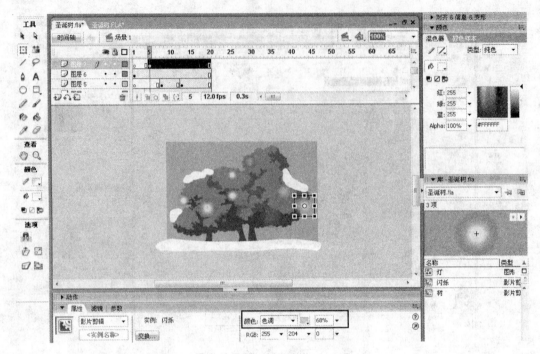

图 2.66　修改"闪烁"元件色调

(29) 整体效果如图 2.67 所示。

图 2.67　整体效果

第 3 章　Flash 8 文字特效

3.1　Flash 文字基础知识

　　文本工具是 Flash 中一个常见的工具，自 Macromedia 公司推出 Flash mx 版本，文本工具的功能变得更为强大，下面就来详细探讨一下文本工具。

　　文字是动画中表现主题内容的基本元素，是获取信息的重要来源。文字的主要应用包含以下 3 个方面：

　　(1) 动画标题文字。这部分文字的设计清晰、醒目，要有很强的艺术表现效果。

　　(2) 动画内容文字。这部分文字主要用于配合动画演示的过程来达到说明、表现、讲解的目的。

　　(3) 操作提示文字。这部分文字主要出现在页面的相关位置上，提示使用者如何运行和播放该动画。

3.1.1　文本类型

　　在 Flash 中可以创建 3 种类型的文本：静态文本、动态文本和输入文本。

　　首先打开 Flash 8，单击工具栏中的图标 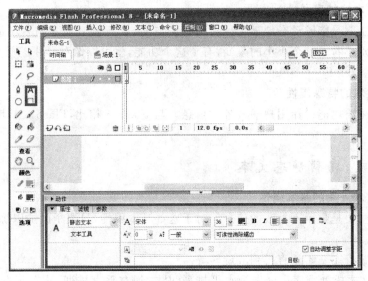 ，或直接按键盘上的 T 键，就可选中文本工具，属性面板就会出现相应的文本工具的属性，单击"属性"面板右下角的三角形符号，可以显示或隐藏某些功能，如图 3.1 所示。

图 3.1　文本工具的属性

单击"属性"面板上的文本类型的下拉箭头,可以看到文本工具共有 3 个不同的类型:静态文本、动态文本、输入文本,如图 3.2 所示。当选择不同的类型时,文本工具的属性是不同的,具体区别将在后面介绍。

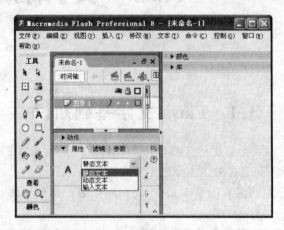

图 3.2 文本工具的 3 个类型

下面先来简单解释文本工具的一些基本属性,然后再详细介绍不同类型的特殊属性,最后再通过一个例子来掌握文本工具最重要的两个属性:对象名和变量名。

1. 文本工具的基本属性

对于这些文本工具的基本属性,如字体、大小、颜色、字距、行距等只要稍微加以练习便可熟练掌握。

2. 静态文本的特殊属性

静态文本主要是显示各项不能更改的信息。与以往的 Flash 版本相比,Flash 8 增加了一些新的功能,如文本可以垂直排列,甚至还可以旋转等,另外还可以给文本加上 URL 链接,非常方便。

3. 动态文本的特殊属性

动态文本主要是能够动态地显示最新信息。与 Flash 5 相比,Flash 8 增加了对文本对象的命名。可别小看了这个小小的改变,有了这个功能,就可以像对影片进行操作一样设置其各种属性了。

4. 输入文本的特殊属性

输入文本主要功能是让用户输入各种信息。与 Flash 5 相比,Flash 8 新增加了对文本对象的命名。

3.1.2 创建、编辑静态文本

1. 静态文本工具的基本属性

静态文本主要是显示不更改的信息。对于这些基本属性,只要稍微加以练习便可掌握,如图 3.3 所示。

还可以设置静态文本垂直排列或旋转等。

(1) 改变文本排列顺序。分别为水平排列、从左到右垂直排列、从右到左垂直排列,如图 3.4 所示。

文本框的X轴和Y轴

图 3.3　静态文本工具的基本属性

图 3.4　文件从左到右垂直排列

(2) 文字旋转,仅在文本垂直排列时有效,如图 3.5 所示。

图 3.5　文字旋转

（3）字符间距的设置如图 3.6 和图 3.7 所示。

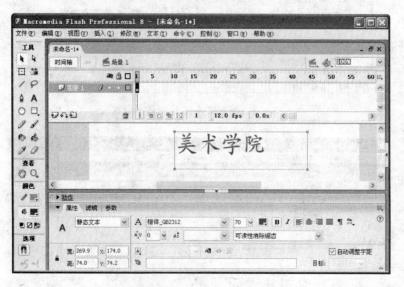

图 3.6　字符间距为 0

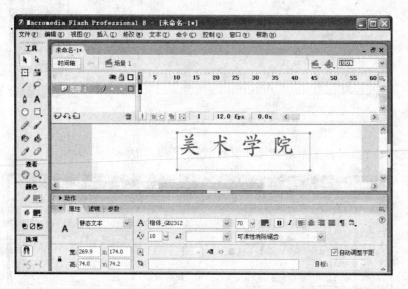

图 3.7　字符间距为 18

（4）字符位置分别为"一般"、"上标"、"下标"，如图 3.8 所示。

（5）文本可以被选择，只对水平排列的文本有效。所选择的文本可以被复制，如图 3.9 所示。

2. 静态文本和动态文本的设置与编辑

下面通过一个例子来学习静态文本和动态文本的设置与编辑方法。在这个例子中，"序号"为 1、2、3 等数字，是用来提示排列顺序的，不会有变化，所以，"序号"使用静态文本类型。

"姓名："、"年龄："下面的几个空文本框，是需要输入具体文字内容的，所以，采用输入文本类型。

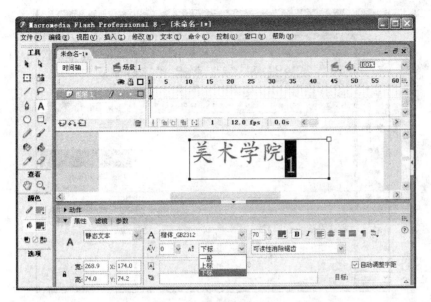

图 3.8　字符位置为"下标"

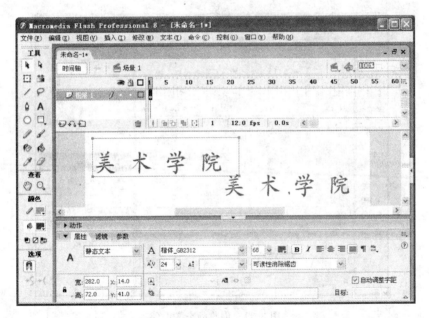

图 3.9　所选择的文本可以被复制

1）静态文本制作

（1）运行 Flash 8，建立新文件："例题 3-2"，选择工具栏的 **A** 在工作区建立一个文本输入框，打开文本工具属性面板，设置文本字体为"宋体"、大小为 30、"黑色"、"左对齐"，在文本框内输入"序号"、1、2、3，如图 3.10 所示。

（2）以同样的格式，创建静态文本："姓名："、"年龄："，打开"对齐方式"面板，调整好其对应的位置，如图 3.11 所示。

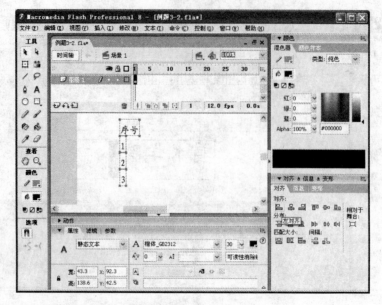

图 3.10　创建静态文本(1)

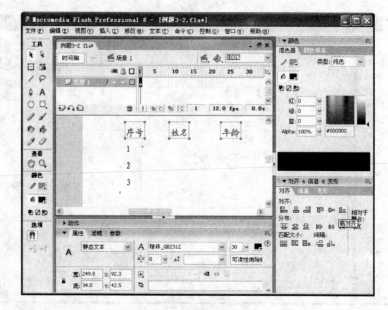

图 3.11　创建静态文本(2)

2)输入文本框制作

(1)用鼠标在"姓名："的下边双击,出现一个新的文本框,在文本工具"属性"面板中选择输入文本,什么都不需要输入,对象名为"姓名",格式为"宋体、大小为30、蓝色、左对齐",如图 3.12 所示,"线型"选择"单线条",选中 以显示边框线,宽为 100,高为 35,如图 3.13 所示。

(2)同样地,在"年龄："的下边建立一个输入文本框,对象名为"年龄"。需要注意的是,这个文本框是输入年龄的,而年龄只能由数字组成,且一般情况下为两位数字,因此需要对可输入的字符作某种限制,即只能输入两位数字,在"最多字符数"框内输入 2,如图 3.14 所示。

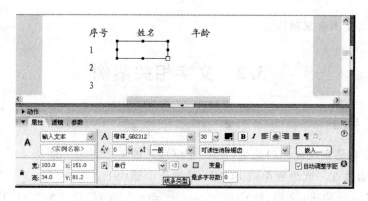

图 3.12　创建输入文本

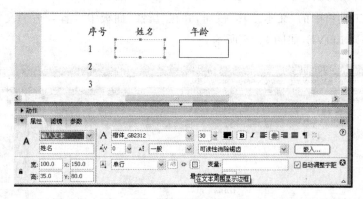

图 3.13　设置输入文本边框

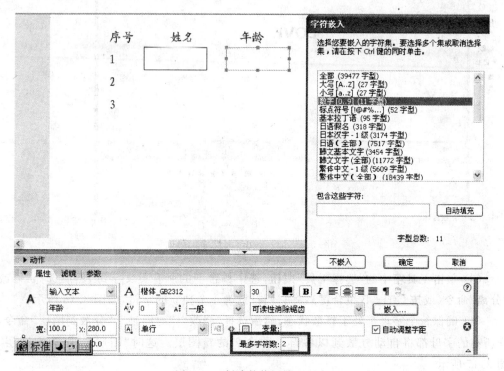

图 3.14　创建数值型输入文本

至此,输入文本全部制作完成。

3.2 文字相关案例

3.2.1 旋转字

本案例主要是实现合并的效果,让单词 LOVE 的 4 个字母分别从 4 个方向,向舞台中间移动,然后合并在一起组成单词 LOVE,其操作步骤如下:

(1) 新建一个 Flash 文档,按 Ctrl+Shift+S 组合键保存,命名为"LOVE 字旋转",大小为 550×400,背景为白色。

(2) 单击工具箱中的"文本工具"按钮,并在"属性"面板中设置合适的文字属性,然后在舞台中输入单词 LOVE,如图 3.15 所示。

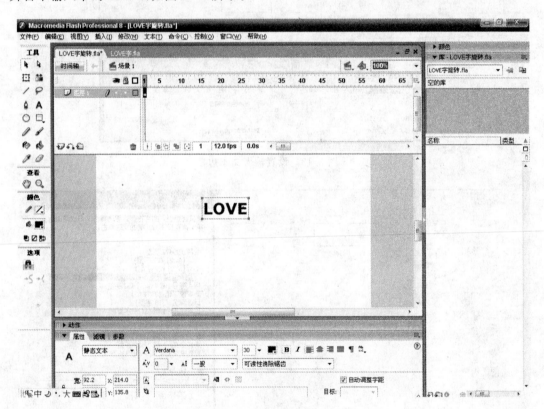

图 3.15 设置文字属性输入单词

(3) 单击工具箱中的"选择工具"按钮,选中舞台上的所有英文字母,然后选择"修改"|"分离"命令(或按 Ctrl+B 组合键),将它们打散为 4 个独立的字符,如图 3.16 所示。

(4) 确保每个字母都处于打散状态,然后选择"修改"|"时间轴"|"分散到图层"命令,这样所有的字母都将自动分散到以各自名称命名的新图层。这时"图层 1"则为空图层,如图 3.17 所示。

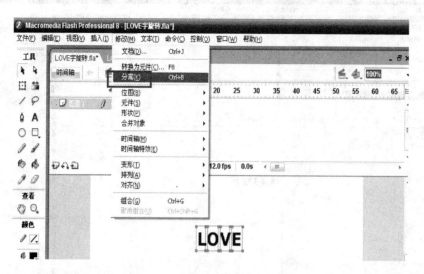

图 3.16　选择"修改"|"分离"命令

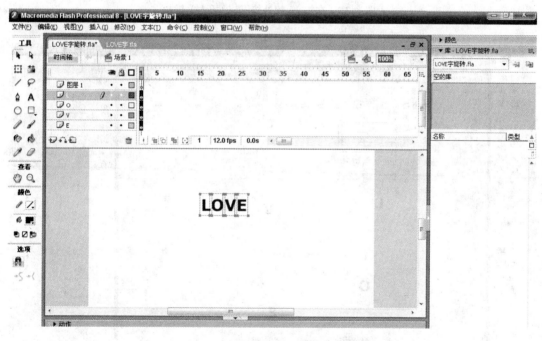

图 3.17　字母自动分散到各图层

（5）选中"图层 1"，单击"时间轴"面板右下角的"删除"按钮 📖，删除该图层。

（6）分别在 4 个图层的第 15 帧处按 F6 键插入关键帧，如图 3.18 所示。

（7）单击时间轴上的第 1 帧，单击"选择工具"，将 4 个字母分开放置，如图 3.19 所示。

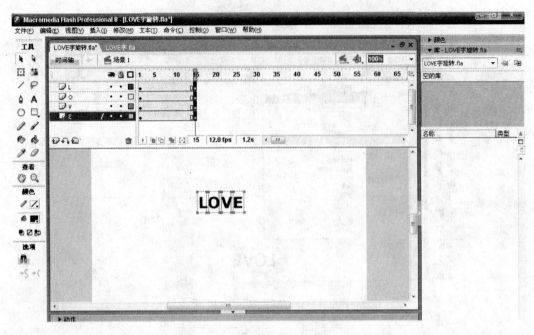

图 3.18 在第 15 帧处按 F6 键插入关键帧

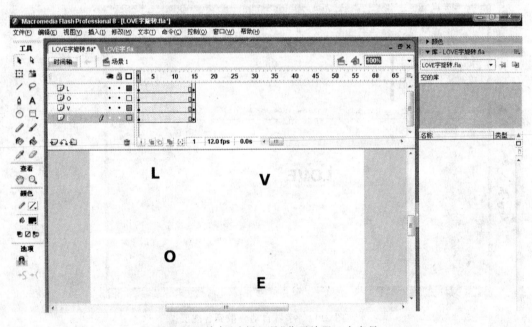

图 3.19 单击"选择工具"分开放置 4 个字母

（8）单击 L 图层的第 1 帧，再按住 Shift 键并单击 E 图层的第 1 帧；以同样的方法，将所有字母的第 1 帧选中，在"属性"面板的"补间"下拉列表框中选择"动画"选项，在"旋转"下拉列表框中选择"逆时针"选项，并在其后面的文本框里填入数值 5，并选中"同步"、"对齐"复选框，如图 3.20 所示。

（9）按 Ctrl＋Enter 组合键看看效果吧！

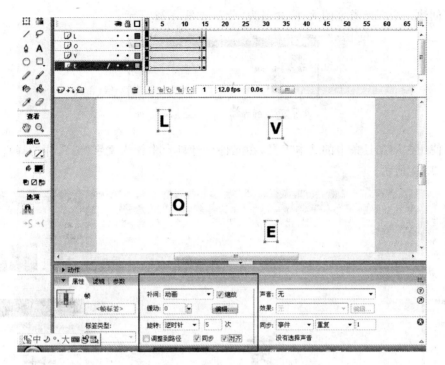

图 3.20　设置文本属性

3.2.2　风吹字

文字在生活中的运用比较广泛,在不同的环境中就会有不同样式的文字出现。因此,它的样式是多样化的。本案例就是做出风吹字的效果的文字。其操作步骤如下:

(1) 创建"劳"字的图形元件。

① 选择"插入"菜单中的"新建元件"命令,新建一个元件,如图 3.21 所示。

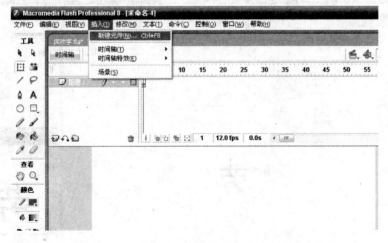

图 3.21　新建一个元件

② 创建一个图形类型的元件,命名为"劳",如图 3.22 所示。

图 3.22　创建一个图形类型的元件

③ 使用左侧工具条中的文本工具,在元件设计舞台中输入文字"劳",并选择喜欢的字体,如图 3.23 所示。

图 3.23　在舞台中输入文字"劳"

④ 使用选择工具,选中写好的文字,选择修改菜单中的分离选项或按 Ctrl＋B 快捷键,将文本打散为位图,如图 3.24 所示。

图 3.24　分离文本为位图

至此,输入文本全部制作完成。

3.2　文字相关案例

3.2.1　旋转字

本案例主要是实现合并的效果,让单词 LOVE 的 4 个字母分别从 4 个方向,向舞台中间移动,然后合并在一起组成单词 LOVE,其操作步骤如下:

(1) 新建一个 Flash 文档,按 Ctrl+Shift+S 组合键保存,命名为"LOVE 字旋转",大小为 550×400,背景为白色。

(2) 单击工具箱中的"文本工具"按钮,并在"属性"面板中设置合适的文字属性,然后在舞台中输入单词 LOVE,如图 3.15 所示。

图 3.15　设置文字属性输入单词

(3) 单击工具箱中的"选择工具"按钮,选中舞台上的所有英文字母,然后选择"修改"|"分离"命令(或按 Ctrl+B 组合键),将它们打散为 4 个独立的字符,如图 3.16 所示。

(4) 确保每个字母都处于打散状态,然后选择"修改"|"时间轴"|"分散到图层"命令,这样所有的字母都将自动分散到以各自名称命名的新图层。这时"图层 1"则为空图层,如图 3.17 所示。

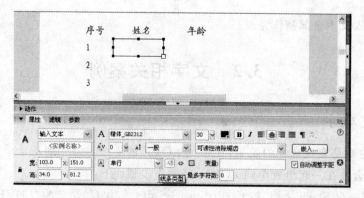

图 3.12　创建输入文本

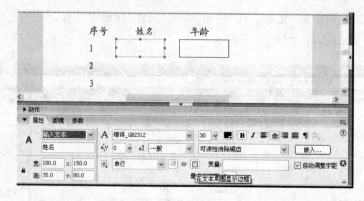

图 3.13　设置输入文本边框

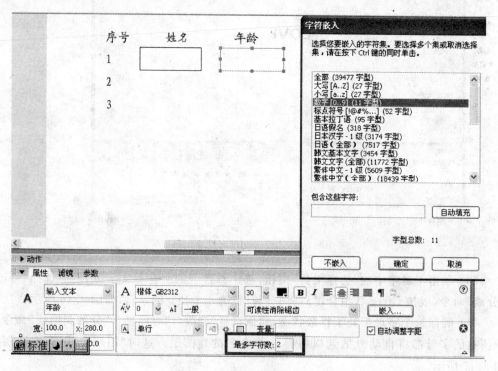

图 3.14　创建数值型输入文本

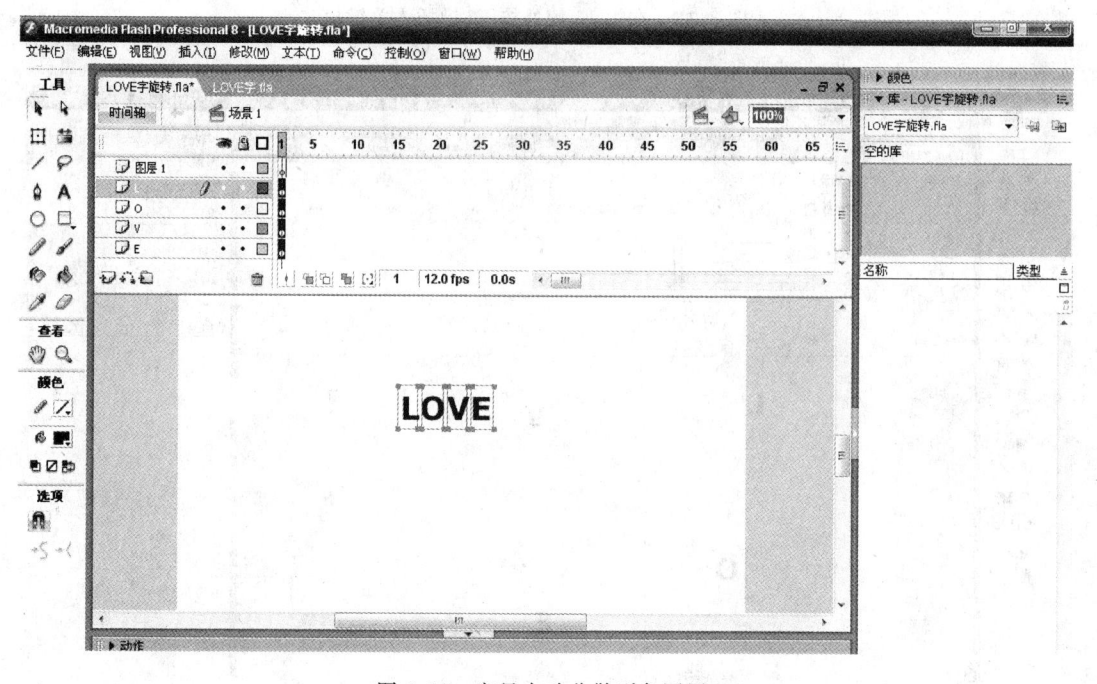

图 3.16　选择"修改"|"分离"命令

图 3.17　字母自动分散到各图层

（5）选中"图层 1"，单击"时间轴"面板右下角的"删除"按钮，删除该图层。

（6）分别在 4 个图层的第 15 帧处按 F6 键插入关键帧，如图 3.18 所示。

（7）单击时间轴上的第 1 帧，单击"选择工具"，将 4 个字母分开放置，如图 3.19 所示。

Flash 8 文字特效

74

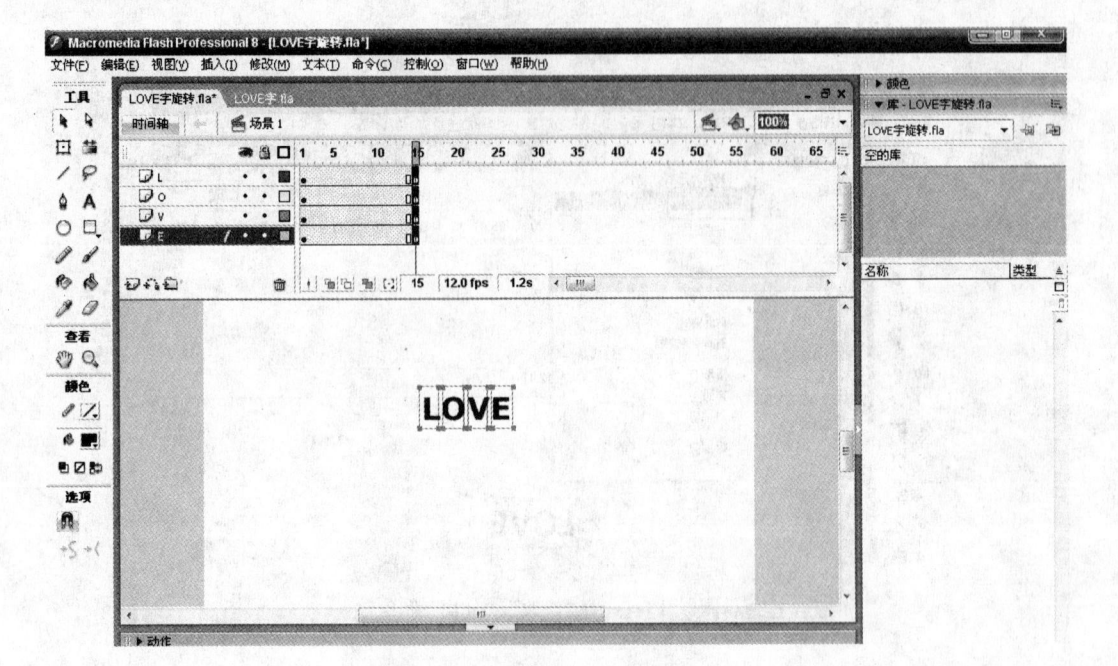

图 3.18　在第 15 帧处按 F6 键插入关键帧

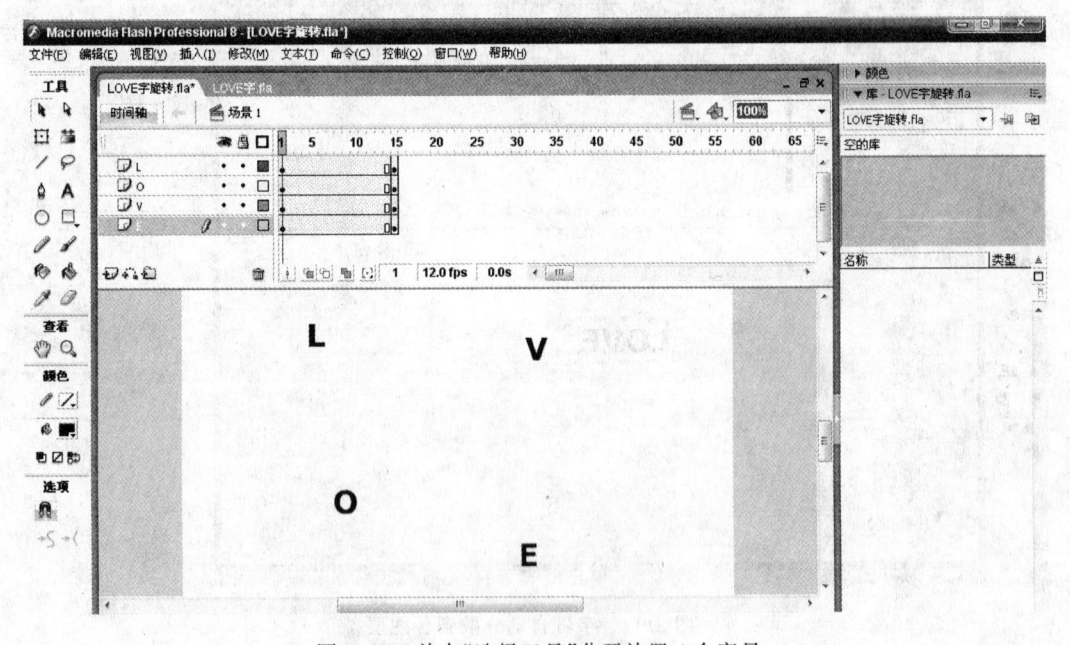

图 3.19　单击"选择工具"分开放置 4 个字母

（8）单击 L 图层的第 1 帧，再按住 Shift 键并单击 E 图层的第 1 帧；以同样的方法，将所有字母的第 1 帧选中，在"属性"面板的"补间"下拉列表框中选择"动画"选项，在"旋转"下拉列表框中选择"逆时针"选项，并在其后面的文本框里填入数值 5，并选中"同步"、"对齐"复选框，如图 3.20 所示。

（9）按 Ctrl＋Enter 组合键看看效果吧！

（5）在属性框中调整颜色填充模式为 Alpha 透明度模式，透明度为 15％，如图 3.29 所示。

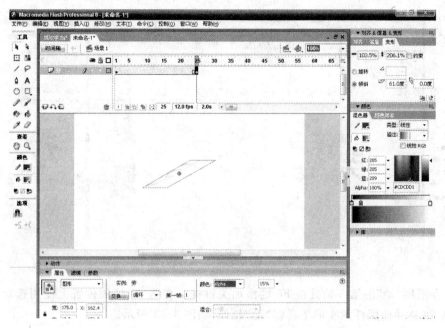

图 3.29　调整颜色 Alpha 值为 15％

（6）仿照之前创建图形元件"劳"的操作，创建"动"字的图形元件。

① 选择"插入"菜单中的"新建元件"命令，新建一个元件，如图 3.30 所示。

图 3.30　新建一个元件"动"

② 设计元件"动"，将文本打散，线性填充颜色，如图 3.31 所示。

图 3.31　文本"动"打散后线性填充

③ 新建图层,命名为"动"。在图层"动"的第一帧将图形元件"动"拖入场景,如图 3.32 所示。

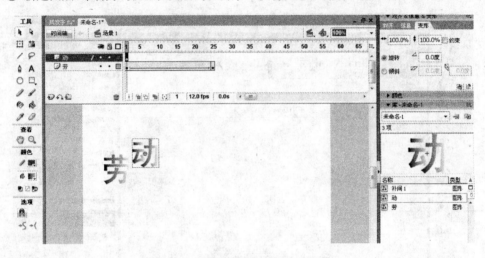

图 3.32　将图形元件"动"拖入场景

④ 在图层"动"的第 5 帧处按 F6 键添加关键帧。在第 30 帧的位置上使用选择工具将元件"动"平移并使用任意变形工具将"动"拉伸,如图 3.33 所示。

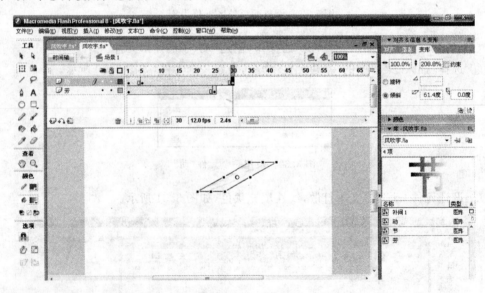

图 3.33　使用任意变形工具将"动"拉伸

(7) 仿照之前创建图形元件"劳"的操作,创建"节"字的图形元件。

① 创建新元件"节",如图 3.34 所示。

图 3.34　创建新元件"节"

② 设计元件"节"。打散并填充，如图 3.35 所示。

图 3.35　打散并填充元件"节"

（8）新建图层"节"。在第 1 帧将图形元件"节"拖入场景。在第 10 帧按 F6 键添加关键帧。在第 35 帧按 F6 键添加关键帧，并将图形元件"节"平移、拉伸，制造出风吹效果，如图 3.36 所示。

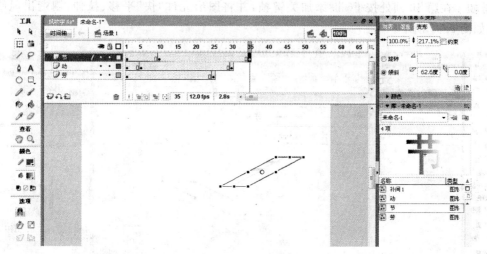

图 3.36　将图形元件"节"平移、拉伸

（9）仿照之前创建图形元件"劳"的操作，继续创建新元件"快"。

① 选择"插入"菜单中的"新建元件"命令，新建一个元件，如图 3.37 所示。

图 3.37　新建一个元件"快"

Flash 8 文字特效

② 设计元件"快"。打散并填充,如图 3.38 所示。

图 3.38　打散并填充元件"快"

(10) 新建图层"快"。在第 1 帧将图形元件"快"拖入场景。在第 15 帧处按 F6 键添加关键帧。在第 40 帧处按 F6 键添加关键帧,并将图形元件"快"平移、拉伸,制造出风吹效果,如图 3.39 所示。

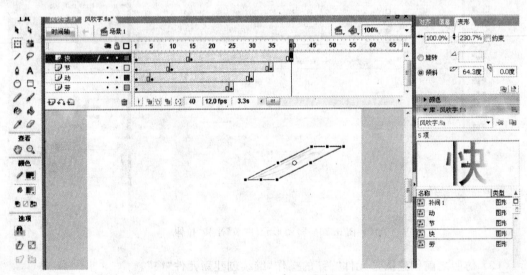

图 3.39　将图形元件"快"平移、拉伸

(11) 最后创建一个新图形元件"乐"。

① 创建新元件"乐",如图 3.40 所示。

② 设计元件"乐"。打散并填充,如图 3.41 所示。

(12) 新建图层"乐"。在第 1 帧将图形元件"乐"拖入场景,如图 3.42 所示。

图 3.40　创建新元件"乐"

图 3.41　打散并填充元件"乐"

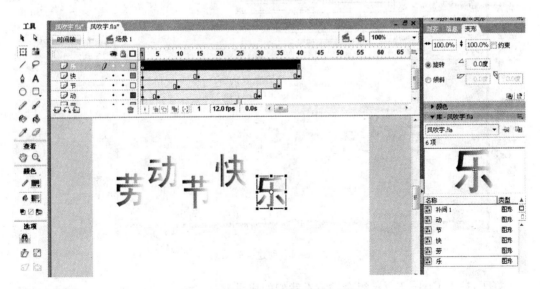

图 3.42　将图形元件"乐"拖入场景

　　(13) 在第 20 帧按 F6 键添加关键帧。在第 45 帧按 F6 键添加关键帧,并将图形元件"乐"平移、拉伸,制造出风吹效果,如图 3.43 所示。

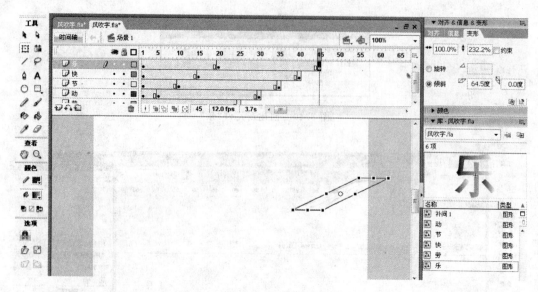

图 3.43　将图形元件"乐"平移、拉伸

（14）分别在图层"劳"的第 1 帧、图层"动"的第 5 帧、图层"节"的第 10 帧、图层"快"的第 15 帧、图层"乐"的第 20 帧右击，选择创建补间动画，如图 3.44 所示。

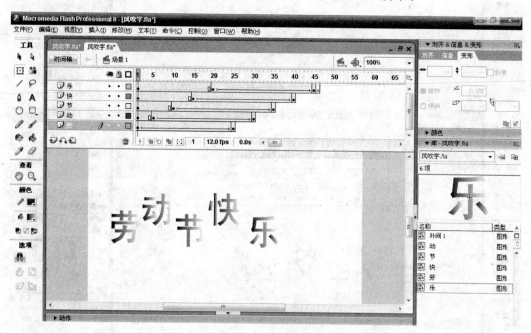

图 3.44　创建补间动画

好了，按下 Ctrl＋Enter 组合键看看我们的成果吧！

第4章 遮罩动画与导引线动画

遮罩动画是 Flash 中的一个很重要的动画类型,很多效果丰富的动画都是通过遮罩动画来完成的,如水波、百叶窗、放大镜等。

如果希望某个对象能够沿着固定的曲线运动时,可以使用引导路径动画来完成,如地球绕着太阳旋转、鱼儿在水里遨游等。

本章将对遮罩动画和引导路径动画作详细说明,并通过大量的实例讲解使读者基本掌握这两种基本且又重要的动画制作方法。

4.1 遮罩动画

顾名思义,"遮罩"就是遮挡住下面的对象。在 Flash 8 中,遮罩动画是通过"遮罩层"来达到有选择地显示位于其下方的"被遮罩层"中的内容的目的。在一个遮罩动画中,"遮罩层"只有一个,"被遮罩层"可以有任意个。

在 Flash 中,对于那些处于遮罩层下的东西而言,只有那些被遮罩的部分才能被看到,没有被遮罩的区域反而看不到。遮罩层中的对象称为"遮罩物"。几乎一切具有可见面积的东西都可以被用作遮罩层中的遮罩物,而声音或笔触(没有面积)则不能用作遮罩物。

需要注意的是,一个遮罩层中只能存在一个遮罩物。也就是说,只能在一个遮罩层中放置一个文本对象、影片剪辑实例或其他东西。遮罩层中的遮罩物就像是一些孔,透过这些孔,可以看到处于被遮罩层中的东西。

4.1.1 创建遮罩动画的方法

下面通过一个简单示例来说明如何创建遮罩效果。

(1)打开一个新文档,导入一张位图到舞台,这张位图将作为被遮罩的东西,如图 4.1 所示。

(2)插入一个新层,在新层中放置一段静态文本,这段静态文本将作为遮罩物。把这段静态文本拖放到位图上,如图 4.2 所示。

图 4.1 被遮罩图片

图 4.2 文字

（3）现在需要把这个新层转换成遮罩层。在新层的层名上右击，从弹出的快捷菜单中选择"遮罩层"命令。于是，新层的层名前的图标已经改变成遮罩层的标志，而下层的层名也被缩进，成为"被遮罩层"，如图 4.3 所示。同时，舞台上遮罩生效了，如图 4.4 所示。

图 4.3　图层

图 4.4　遮罩效果

4.1.2　应用遮罩的技巧

- 使用遮罩层创建动画时，对于用作遮罩的填充形状，可以使用补间形状动画；对于文字对象、图形实例或影片剪辑，可以使用补间动作动画。使用影片剪辑实例作为遮罩时，可以让遮罩沿着运动路径运动。
- 遮罩层的基本原理是：能够透过该图层中的对象看到"被遮罩层"中的对象及其属性（包括它们的变形效果），但是遮罩层中的对象中的许多属性如渐变色、透明度、颜色和线条样式等却是被忽略的。比如，不能通过遮罩层的渐变色实现被遮罩层的渐变色变化。
- 要在场景中显示遮罩效果，可以锁定遮罩层和被遮罩层。
- 不能用一个遮罩层试图遮蔽另一个遮罩层。
- 在制作过程中，遮罩层经常挡住下层的元件，影响视线，无法编辑，可以按下遮罩层时间轴面板的显示图层轮廓按钮■，使之变成□，使遮罩层只显示边框形状，在这种情况下，还可以拖动边框调整遮罩图形的外形和位置。

4.2　制作遮罩动画案例

4.2.1　猫和鱼

本实例使用绘图工具和遮罩层实现了遮罩效果。

具体实现如下：

（1）打开 Flash 软件，选择"文件"|"新建"|"Flash 文档"命令，创建一个新的 Flash 文档，大小为 550×400。

（2）选择"文件"|"导入"|"导入到库"命令，将鱼的图片导入到当前库中，如图 4.5 所示。

（3）将"库"中刚导入的图片拖入场景中，使用任意变形工具，将场景中的图片缩小到与场景同样大小，如图 4.6 所示。

（4）新建一个图层，命名为"猫"。为了便于区分，将图层 1 名更改为"鱼"，如图 4.7 所示。

（5）选择"椭圆工具"，在场景中画一个椭圆，作为猫的脸，选择"线条工具"，画出猫的耳朵，并填充颜色。选择"刷子工具"，画出"猫的胡须"，完成如图 4.8 所示的猫脸的形状。

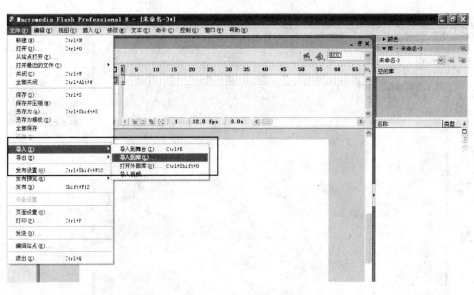

图 4.5　导入图片

图 4.6　被遮罩图片

图 4.7　图层说明

第 4 章

遮罩动画与导引线动画

图 4.8　猫脸

（6）在图层"猫"上，右击，在弹出的快捷菜单中选择"遮罩层"命令，如图 4.9 所示。遮罩效果如图 4.10 所示。

图 4.9　遮罩层

图 4.10　遮罩效果

4.2.2　色彩缤纷

本实例使用遮罩工具实现了文字颜色的动态改变。具体实现如下：

（1）打开 Flash 软件，选择"文件"|"新建"|"Flash 文档"命令，创建一个新的 Flash 文档，大小为 550×400。

（2）使用"文字工具"在场景中央稍向下的位置输入"色彩缤纷"4个字。文字大小为70、加粗、字符间距为20，如图4.11所示。

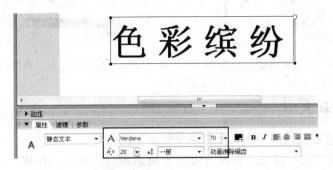

图4.11　输入文字

（3）选择"文件"|"导入"|"导入到库"命令，将被遮罩图片导入到当前文档的库中。

（4）将当前图层更名为"字"，新建一个图层，命名为"图"，将库中刚才导入的图片拖入场景中，使用"任意变形工具"，将图片大小缩小为场景大小，并覆盖整个场景。调整两图层的位置，使得图层"字"位于图层"图"的上方，如图4.12所示。

图4.12　场景

（5）在图层"字"的第15帧的位置上按F5键插入延长帧。在图层"图"的第15帧的位置上按F6键插入关键帧，并将图片向上平移，时间轴如图4.13所示。在图层"图"的第1帧位置上右击，在弹出的快捷菜单中选择"创建补间动画"命令，如图4.14所示。

（6）在时间轴图层"字"上右击，在弹出的快捷菜单中选择"遮罩层"命令，按Ctrl＋Enter组合键查看最终效果。

遮罩动画与导引线动画

图 4.13 时间轴

图 4.14 补间动画

4.2.3 简易放大镜

本实例掌握遮罩层的使用。具体实现步骤如下：

(1) 制作原文字层。即文字在没有被放大镜照到时的效果。新建一个图层，双击图层名修改其名称为"原文字"，用文本工具选择字号大小为 23 输入一行字。将其置于场景正中间。如图 4.15 所示。在第 40 帧处按 F5 键延长帧。

中 国 男 子 篮 球 队

图 4.15 文字

(2) 制作文字放大效果层。

在原文字层名上右击，在弹出的快捷菜单中选择"插入图层"命令，新建一个图层，命名为"放大效果"。这里放大层必须放在原文字层的上面。复制原文字并将原文字粘贴到此层。将其字体改大，然后使其位置与原文字层中文字的位置一致，目的是要用放大效果层盖住原文字层，如图 4.16 所示。在第 40 帧处按 F5 键延长帧。

中国男子篮球队

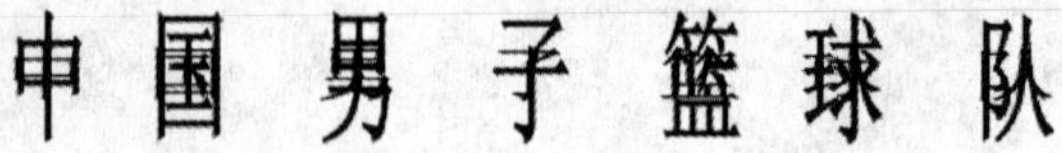

图 4.16 放大文字

(3) 制作遮罩层。

在放大效果图层的上面插入一新图层，并命名为"遮罩层"。在第 1 帧，用椭圆工具画一个黑色的圆，圆的直径比放大后的文字略大，要正好能够遮住放大效果的文字，如图 4.17 所示。

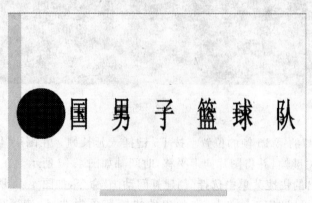

图 4.17 遮罩圆

在第 40 帧处按 F6 键插入关键帧,再选中第 40 帧,将此时的圆的位置移动到正好盖住最后一个放大文字的位置,然后再选中第 1 帧,通过右键快捷菜单加补间动画。最后在遮罩层这个图层的名字上右击,在弹出的快捷菜单中选择"遮罩层"命令。这样,要制作的放大镜效果就完成了,如图 4.18 所示。时间轴如图 4.19 所示。

图 4.18 效果图

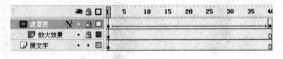

图 4.19 时间轴

4.2.4 字幕效果

本实例利用遮罩达到字幕逐渐出现、逐渐隐退的效果,具体步骤如下:

(1) 新建一个文档,命名为"浮动字幕",设置场景大小为 250×250,背景为黑色。

(2) 制作遮罩层。在场景里用文字工具输入一段话。在第 1 帧,将这段文字放在场景的下方。文字上边缘紧贴场景下边缘,如图 4.20 所示。在第 120 帧添加关键帧,将文字置于场景上方,此时文字的下边缘要紧贴场景的上边缘。选中第 1 帧,通过右键快捷菜单创建补间动画。

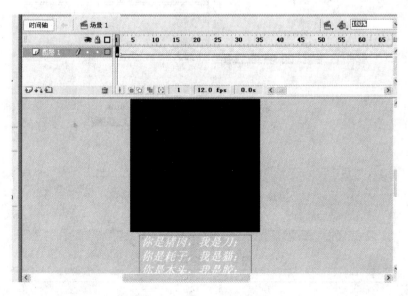

图 4.20 第 1 帧文字位置

（3）制作被遮罩层。

① 新建一个图层，将其置于文字层之下。用矩形工具画一个与场景等大的矩形，填充类型选线性，如图 4.21 所示。

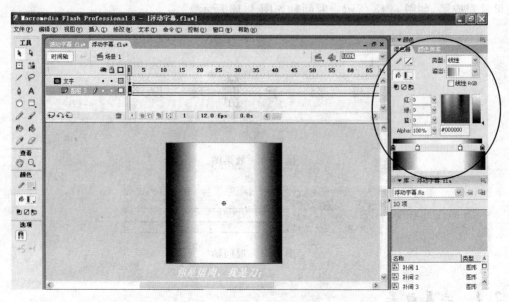

图 4.21　填充矩形

② 单击矩形，选择"修改"|"变形"|"顺时针旋转 90 度"命令，如图 4.22 所示。

图 4.22　旋转矩形

（4）选中文字层，右击，在弹出的快捷菜单中选择"遮罩层"命令。

4.2.5 倒影效果

本实例的目的是演示如何用遮罩制作简单的倒影效果。步骤如下：

（1）新建一个文档并保存，命名为"倒影效果"，大小为 300×200，背景为黑色。

（2）制作原文字层。

按 Ctrl+F8 组合键创建一个新元件，"类型"选择为"图形"，命名为"文字"，如图 4.23 所示。

图 4.23　新建元件

进入元件编辑区后用文字工具输入一行文字，文字的颜色为白色，如图 4.24 所示。

图 4.24　编辑文字

回到主场景，将制作好的元件放到场景中，置于场景的上半部，并使用变形工具调整到合适大小，如图 4.25 所示。

在第 60 帧处按 F5 键延长帧，原文字层就制作好了。

（3）制作倒影层。

在原文字层的上面新建一个图层，并命名为"倒影"，然后将"文字"元件拖入到场景中，放于原文字的下面，使两者对齐。用变形工具将倒影层中的文字的高度调低一点，如图 4.26 所示。

① 将倒影层的文字翻转 180 度。在这里可以先单击倒影层文字，再选择"修改"|"变形"|"垂直翻转"命令，如图 4.27 所示。

遮罩动画与导引线动画

图 4.25　场景

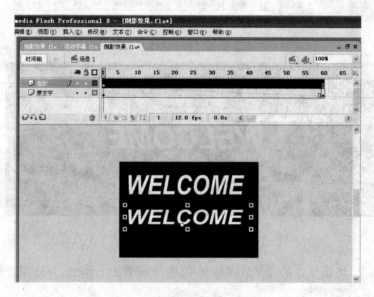

图 4.26　倒影文字

② 在第 60 帧处按 F5 键延长帧，那么倒影效果层就制作好了。

（4）制作遮罩层。

① 在倒影层上新建一个图层，命名为"遮罩"。然后选用矩形工具，画一个颜色任选、与倒影文字等宽、比倒影文字略矮的矩形，将其放于倒影文字上，正好盖住倒影文字的上半部，如图 4.28 所示。

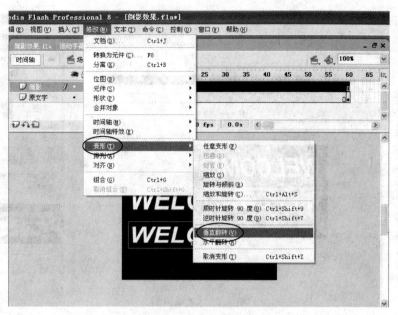

图 4.27　翻转倒影文字

图 4.28　遮罩矩形

　　② 选用橡皮擦工具(选择合适的橡皮擦头大小),将刚才画的矩形擦掉一部分,露出一些条纹,如图 4.29 所示。选中处理后的矩形,按 F8 键将它转换为图形元件,元件名为"遮罩"。

　　③ 分别在遮罩层的第 15 帧、第 30 帧、第 45 帧和第 60 帧处添加关键帧,并创建补间动画;然后移动矩形位置,在第 15 帧将矩形置于倒影文字下半部,第 30 帧置于上半部,第 45 帧再放回下半部,第 60 帧置于上半部,时间轴如图 4.30 所示。

图 4.29　遮罩图形

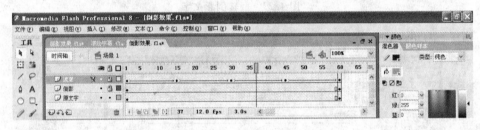

图 4.30　时间轴

④ 在遮罩层右击，在弹出的快捷菜单中选择"遮罩层"命令，遮罩效果就制作完成了，如图 4.31 所示。

图 4.31　遮罩效果

4.2.6 光照文字

本实例主要运用遮罩效果,制作出光照文字的效果。其操作步骤如下:

(1)新建一个 Flash 文档,按 Ctrl+Shift+S 组合键保存,命名为"光照文字",大小为 400×250,背景颜色设置为紫色,如图 4.32 所示。

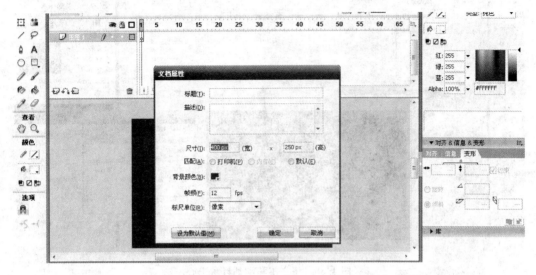

图 4.32 场景设置

(2)单击工具箱中的"文本工具"按钮,在"属性"面板里设置字体为 Georgia,大小为 50,颜色为白色,如图 4.33 所示。

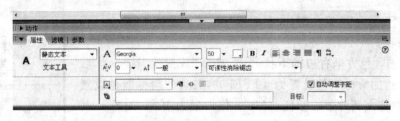

图 4.33 文字设置

(3)回到工作舞台上,单击工作舞台,使得在工作舞台上出现一个编辑框,在该编辑框中输入文本 FLASHZHIZUO,然后按 Ctrl+K 组合键,打开"对齐"面板,如图 4.34 所示。

图 4.34 "对齐"面板

遮罩动画与导引线动画

（4）在该面板中单击"相对于舞台"按钮 <img>，然后分别单击"水平中齐"按钮 <img> 和"垂直中齐"按钮<img>，使得在工作舞台上输入的文本移动到舞台的中心，如图 4.35 所示。

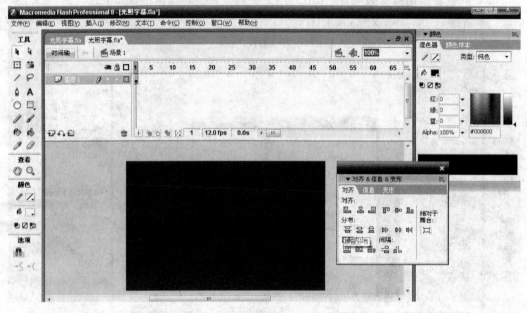

图 4.35　将文本移动到舞台中心

（5）单击"时间轴"面板中的"插入图层"按钮 <img>，新增一层即"图层 2"，单击工具箱中的"椭圆工具"按钮，并设置边框颜色为无色。

（6）按 Shift＋F9 组合键，或者选择"窗口"|"混色器"命令打开"混色器"面板。

（7）单击颜色方框右边的下拉列表，选择"放射状"选项，然后把滑条上左边的滑标颜色设置为♯FFFF00，右边的滑标颜色设置为♯660099（即文档背景的颜色），Alpha 值设置为 10％，如图 4.36 所示。

（8）单击"插入"|"新建元件"命令，打开"创建新元件"对话框，并在该对话框中选择"图形"选项，如图 4.37 所示，然后单击"确定"按钮。

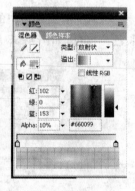

图 4.36　混色方案

图 4.37　新建元件

（9）在"编辑"窗口中，按住 Shift 键拖动鼠标，绘制一个圆作为"光源"，如图 4.38 所示；然后单击"编辑"窗口上的按钮 <img>，切换回工作舞台。

图 4.38　光源元件

(10) 选中"图层 2"，按 Shift＋L 组合键打开库，然后将制作好的"元件 1"从库中拖到工作舞台上文本的左边，并在该层的第 50 帧处按 F6 键插入关键帧，同时在"图层 1"的第 50 帧处按 F5 键延长帧。单击"图层 2"，将"元件 1"拖放到文字的最右边，如图 4.39 所示。

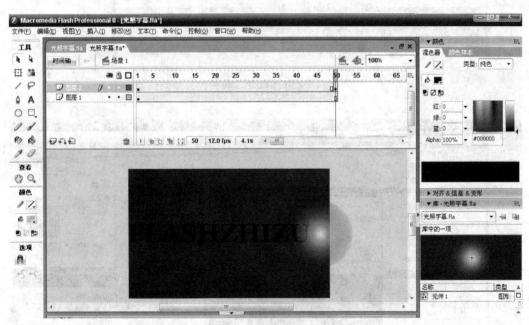

图 4.39　场景示意

(11) 选中第 1 帧，选择"属性"面板中"补间"下拉列表框的"动画"选项。单击第 1 帧处的"元件 1"，在"属性"面板的"颜色"下拉列表框中设置"元件 1"的 Alpha 为 60％。在"图层 2"第 20 帧处按 F6 键插入关键帧，然后在"属性"面板的"颜色"下拉列表框中的设置"元件 1"的 Alpha 为 20％，如图 4.40 所示。

(12) 在时间轴上，用鼠标将"图层 1"拖放到顶层。在"图层 1"层上右击，在弹出的快捷菜单中选择"遮罩层"命令，如图 4.41 所示。如果想取消遮罩，只要再选择一次"遮罩层"命令，取消它前面的对号（√）即可。

遮罩动画与导引线动画

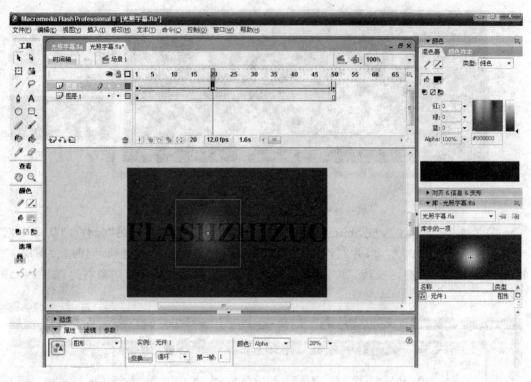

图 4.40　设置 Alpha

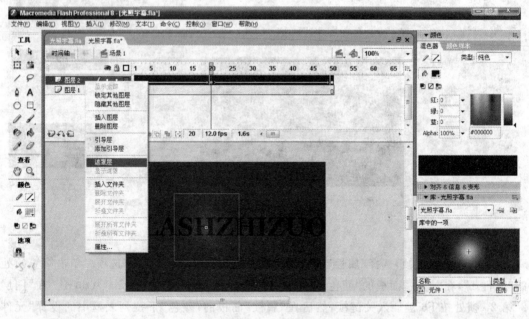

图 4.41　设置遮罩层

　　(13) 在"时间轴"面板上右击"图层 2",从弹出的快捷菜单中选择"插入图层"命令,如图 4.42 所示,插入一个新的图层,即"图层 3"。

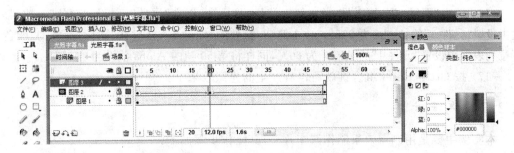

图 4.42　新建图层

（14）选中"图层 2"上的所有帧（先单击第 1 帧，按住 Shift 键，再单击最后 1 帧即可选中所有帧），右击，在弹出的快捷菜单中选择"复制帧"命令；返回到"图层 3"，在第 1 帧处右击，在弹出的快捷菜单中选择"粘贴帧"命令；并选中该图层第 50 帧后面的所有帧，然后右击，在弹出的快捷菜单中选择"删除帧"命令，删除第 50 帧后的所有帧，这时时间轴如图 4.43 所示。

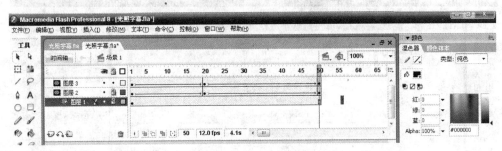

图 4.43　粘贴帧效果

（15）选取"图层 3"上的第 1 帧和第 50 帧，右击，并在弹出的快捷菜单中选择"翻转帧"命令，如图 4.44 所示。

图 4.44　翻转帧

遮罩动画与导引线动画

（16）选中"图层 3"的第 1 帧，单击第 1 帧处的"元件 1"，在"属性"面板的"颜色"下拉列表框中设置"元件 1"的 Alpha 为 20%。单击第 30 帧处的"元件 1"，然后在"属性"面板的"颜色"下拉列表框中设置"元件 1"的 Alpha 为 60%，同样将第 50 帧的 Alpha 值设为 100%。

（17）按 Ctrl＋Enter 组合键就可以看产生的光照效果了。

4.2.7　汽车广告

本实例主要是用遮罩效果制作汽车片头，其操作步骤如下：

（1）新建一个 Flash 文档，Ctrl＋Shift＋S 组合键保存，命名为"延伸矩形"，大小为 780×500。

（2）选择"文件"|"导入"|"导入到库"命令，出现导入到库的对话框，选中汽车图片，单击"确定"按钮。

（3）按 Ctrl＋L 组合键打开"库"面板，把库中的汽车图片拖到工作舞台上，并在"属性"面板中设置图片的宽为 822.8、高为 500，x：0.0、y：0.0，使图片能覆盖整个舞台，如图 4.45 所示。

图 4.45　设置汽车图片属性

（4）按 Ctrl＋F8 组合键，或选择"插入"|"新建元件"命令，新建一个元件，命名为"圆"，"类型"选中"影片剪辑"单选按钮，单击"确定"按钮，如图 4.46 所示。

图 4.46　"创建新元件"对话框

（5）单击工具箱中的"椭圆按钮"，按住 Shift 键，画一个正圆，在"属性"面板中设置宽为 168、高为 168、x：−84、y：−84，使其放置在中心位置，如图 4.47 所示。

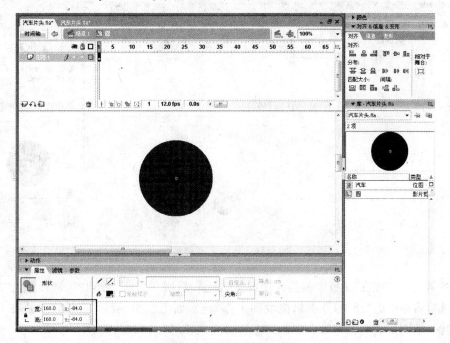

图 4.47　绘制圆

（6）单击"编辑"窗口中的 $\blacksquare$ 场景1 按钮，切换工作舞台。按 Ctrl＋F8 组合键，或选择"插入"|"新建元件"命令，新建一个元件，命名为"圆 1"，"类型"选中"影片剪辑"，单击"确定"按钮。

（7）在"圆 1"的编辑区中，选择"图层 1"，将库中的"圆"影片剪辑拖放到工作舞台中，如图 4.48 所示，在第 20 帧按 F6 键插入关键帧，把刚拖放到工作舞台中的圆右移一段位移，如图 4.49 所示。

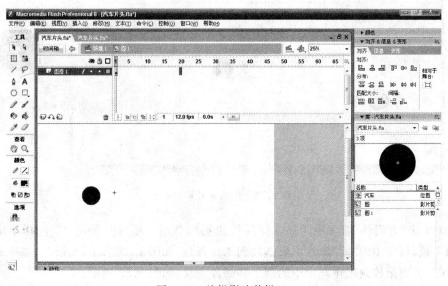

图 4.48　编辑影片剪辑(1)

103

第 4 章

遮罩动画与导引线动画

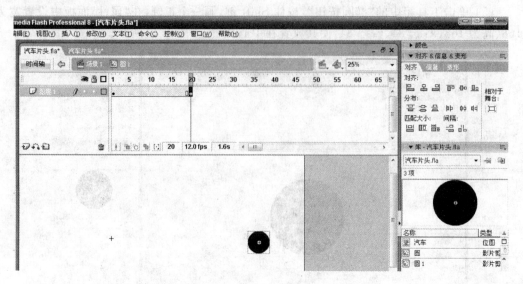

图 4.49　编辑影片剪辑(2)

（8）单击"时间轴"面板中的插入图层按钮，新增一层即"图层 2"，同样单击"图层 2"的第 1 帧，将库中的"圆"影片剪辑拖放到工作舞台，如图 4.50 所示；在第 20 帧按 F6 键插入关键帧，把刚拖放到工作舞台中的圆左移一段位移，如图 4.51 所示。

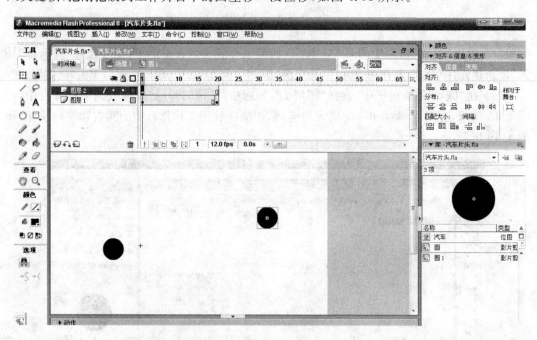

图 4.50　编辑影片剪辑(3)

（9）单击"时间轴"面板中的插入图层按钮，新增一层，即"图层 3"，同样单击"图层 3"的第 1 帧，将库中的"圆"影片剪辑拖放到工作舞台，如图 4.52 所示，在第 20 帧按 F6 键插入关键帧，把刚拖放到工作舞台中的圆下移一段位移，如图 4.53 所示。

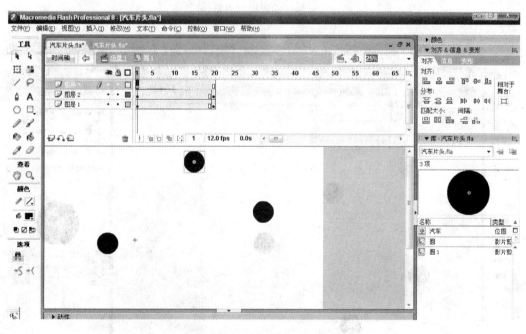

图 4.51 编辑影片剪辑(4)

图 4.52 编辑影片剪辑(5)

(10) 单击"时间轴"面板中的插入图层按钮 ，新增一层，即"图层 4"，同样单击"图层 4"的第 1 帧，将库中的"圆"影片剪辑拖放到工作舞台，如图 4.54 所示，在第 20 帧按 F6 键插入关键帧，把刚拖放到工作舞台中的圆上移一段位移，如图 4.55 所示。

(11) 分别在每一个图层的第 1 帧右击，在弹出的快捷菜单中选择"创建补间动画"命令。

遮罩动画与导引线动画

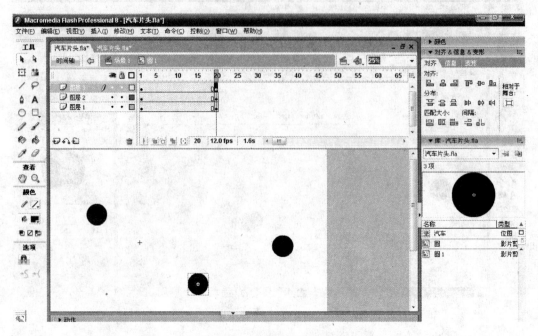

图 4.53　编辑影片剪辑(6)

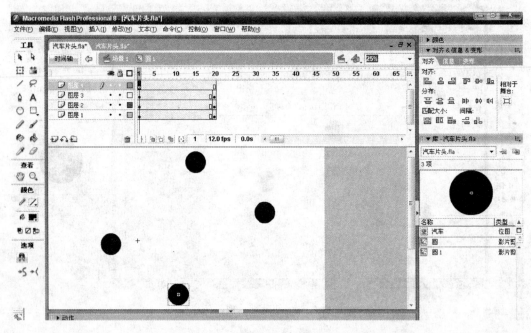

图 4.54　编辑影片剪辑(7)

（12）在"图层 2"的第 21 帧按 F6 键插入关键帧，在第 25 帧也按 F6 键插入关键帧，将该图层上的圆右移一小段位移，右击第 21 帧，在弹出的快捷菜单中选择"创建补间动画"命令，如图 4.56 所示。

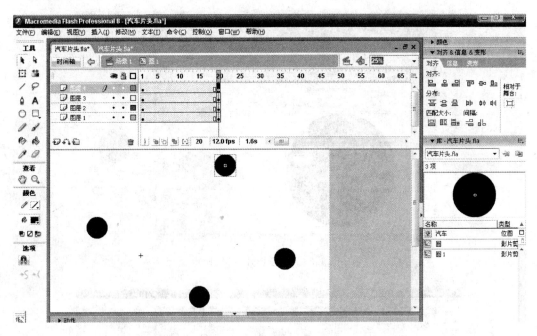

图 4.55　编辑影片剪辑(8)

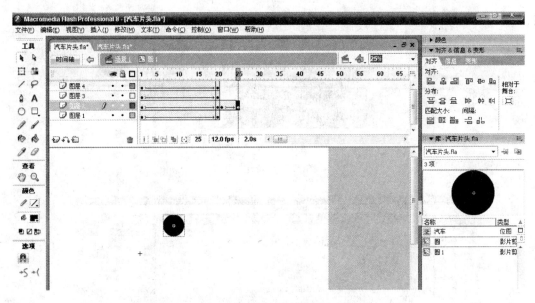

图 4.56　编辑影片剪辑(9)

(13) 在图层 2 的第 40 帧按 F6 键插入关键帧,选择工具箱中的"任意变形工具",或使用快捷键 Q,按住 Shift 键将圆等比例放大,并右击第 25 帧,在弹出的快捷菜单中选择"创建补间动画"命令,如图 4.57 所示。

(14) 单击"编辑"窗口中的 ![场景1] 按钮,切换工作舞台。单击"时间轴"面板中的插入图层按钮 ![图标],新增一层,即"图层 2",如图 4.58 所示。

(15) 将库中的"圆 1"影片剪辑拖放到工作舞台中,如图 4.59 所示。

遮罩动画与导引线动画

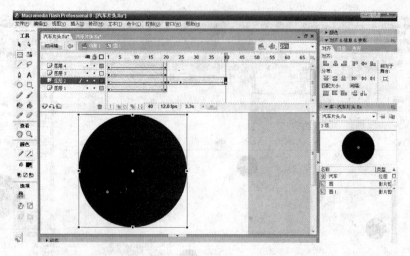

图 4.57 编辑影片剪辑(10)

图 4.58 新建图层

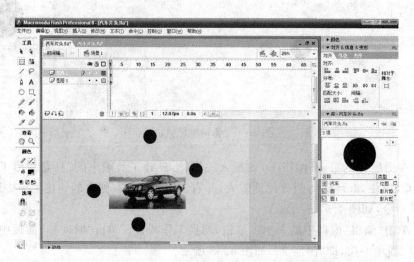

图 4.59 编辑"图层 2"

（16）在"图层2"层上右击，在弹出的快捷菜单中选择"遮罩层"命令。

4.2.8 拉幕效果

本实例主要是用遮罩效果制作拉幕的动画效果，其操作步骤如下：

（1）打开Flash，新建一个图层，命名为"1"，用线条工具画一条竖直线，放在相对舞台的左面，在第30帧处插入关键帧，如图4.60所示。

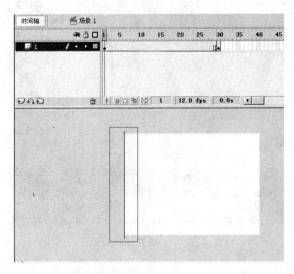

图4.60　左侧竖线

（2）单击第30帧把竖直线拉到舞台右面，如图4.61所示。

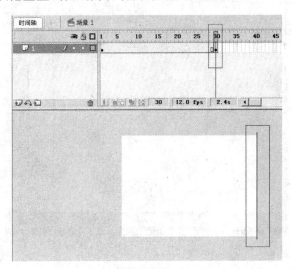

图4.61　左侧竖线运动至右侧

（3）按住任意一帧，在"属性"面板中把"补间"类型改为"形状"，如图4.62所示。

（4）新建一个图层，命名为"2"，和上面一样画一条竖直线。需要注意的是，这次把竖直线从右到左放置，然后在"属性"面板中的"补间"选择"形状"动画，如图4.63所示。

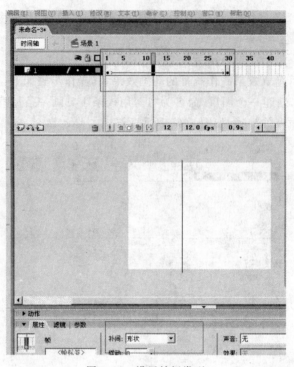

图 4.62　设置补间类型

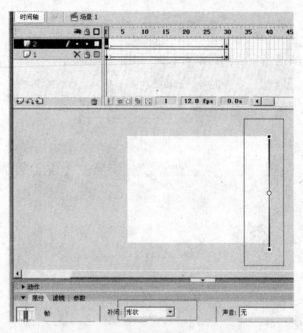

图 4.63　图层 2

（5）新建图层，命名为"3"，导入一张图片，将图片大小调整为与舞台大小一样，如图 4.64 所示。

（6）新建图层，命名为"4"，在第 20 帧处插入关键帧，导入一张图片，与舞台大小相同，如图 4.65 所示。

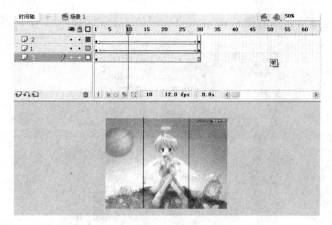

图 4.64　图层 3 中导入图片

（7）新建图层，在第 20 帧处插入关键帧，用矩形工具画一个长方形的方块，颜色任意，如图 4.66 所示。注意一定要和两个线条对齐，否则没有拉开效果。

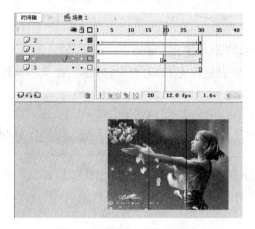

图 4.65　图层 4 中导入图片

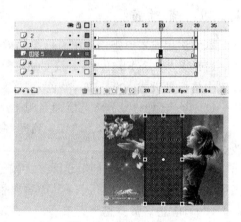

图 4.66　绘制一矩形

（8）在图层 5 的第 30 帧处插入关键帧，把方块用任意变形工具拉大，与舞台大小一样。在"属性"面板中将"补间"类型改为"形状"，如图 4.67 所示。

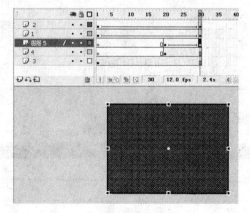

图 4.67　拉大矩形

第 4 章

（9）单击"图层5"，通过右键快捷菜单将它设置为遮罩层，如图4.68所示。

图4.68　设置图层5为遮罩层

请将示例中的竖线改为卷轴样的图形，使拉幕的效果更好。

4.2.9　百叶窗

本实例用遮罩原理制作出百叶窗的效果，实现步骤如下：

（1）新建一个Flash文档，按Ctrl+Shift+S组合键保存，命名为"百叶窗"，在文档属性设置中将场景设成400×300，颜色为白色。

（2）制作原图片层，将此层命名为two。

① 选择"文件"|"导入"|"导入到库"命令，然后选择4幅图片导入到库里。将图片分别改名为1、2、3、4。

② 分别在图层two的第1、2、3、4帧分别插入刚才导入到库中的4张图片1、2、3、4，如图4.69所示，大小和位置通过图片的属性栏里的高宽和横纵坐标值来调整，图片大小为400×300，应正好覆盖整个场景。

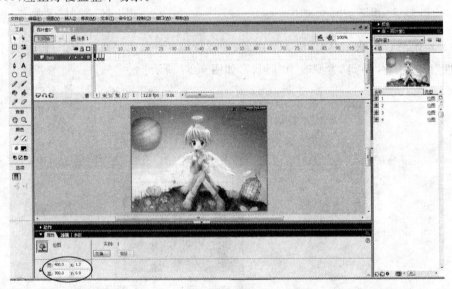

图4.69　导入图片

（3）制作被遮罩层。

① 先插入一个新图层，命名为 one。选中图层 two 中的第 4 帧，复制该帧，粘贴至图层 one 的第 1 帧。

② 将图层 two 中的第 1、2、3 帧分别复制，并粘贴至图层 one 中的第 2、3、4 帧。

（4）制作遮罩层。

① 插入一个新图层，命名为"遮罩"。选择"插入"|"新建元件"命令，"类型"选择"影片剪辑"，将影片剪辑命名为"窗条"。

② 用矩形工具任选填充颜色画一个矩形，然后在其属性里将其大小设成 400×30，如图 4.70 所示。

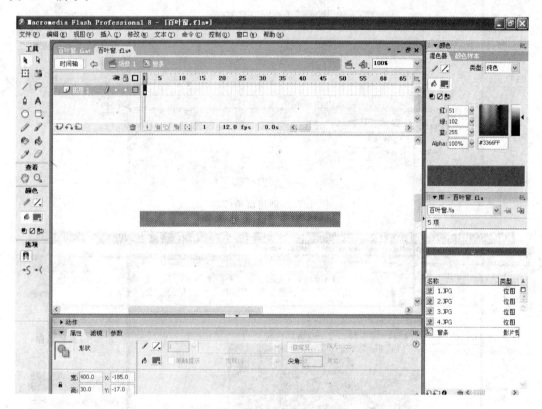

图 4.70　创建窗条(1)

③ 在第 35 帧插入关键帧，再用变形工具将矩形压扁，直到变成一条直线，然后在第 1 帧的"属性"面板中将"补间"选择为"形状"，如图 4.71 所示。

④ 在第 36 帧和第 55 帧中插入空白关键帧，在第 55 帧上右击，在弹出的快捷菜单中选择"动作"命令，在脚本编辑区输入如下一行命令：

```
_root.play();
```

⑤ 新建一个影片剪辑类型的元件，命名为"遮罩"。将元件"窗条"用左键拖到新建的遮罩元件中，并将"窗条"元件复制、粘贴，使整个遮罩元件正好盖住整个工作舞台，如图 4.72 所示。

第 4 章

遮罩动画与导引线动画

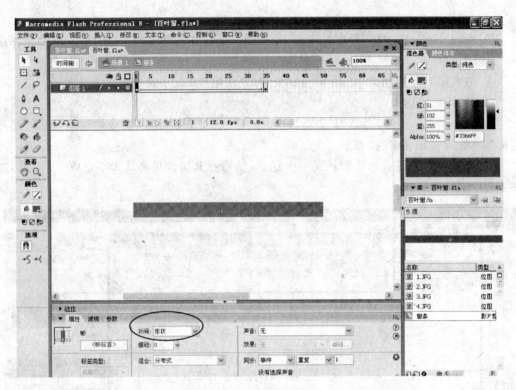

图 4.71　创建窗条(2)

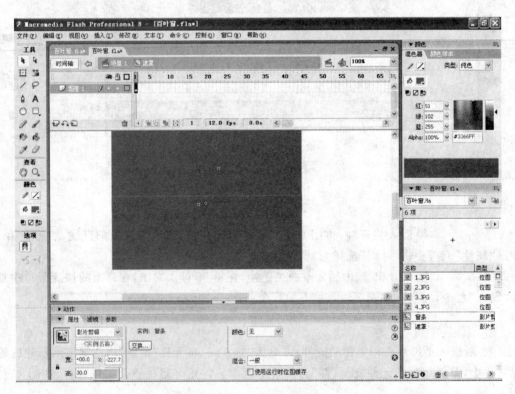

图 4.72　遮罩元件

⑥ 返回到主场景中的遮罩层。将"遮罩"元件拖动到遮罩层的第 1 帧的位置,再调整位置,使其正好覆盖住整个场景。在第 4 帧通过右键快捷菜单插入帧。将此层设置为遮罩层,如图 4.73 所示。

图 4.73　遮罩层

(5)制作控制层。

① 先插入一个新图层,命名为"脚本"。在第 1 帧上右击,在弹出的快捷菜单中选择"动作"命令,在脚本编辑区输入如下代码:stop();,如图 4.74 所示。

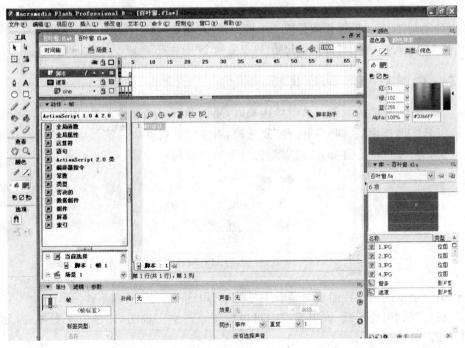

图 4.74　控制层

遮罩动画与导引线动画

② 单击第 1 帧,右击,在弹出的快捷菜单中选择"复制帧"命令,再将带有脚本的第 1 帧分别粘贴到第 2、4 帧上。

4.3 引导路径动画

仅仅设置关键帧,有时仍然无法实现一些复杂的动画效果,如月亮围绕地球旋转、鱼儿在大海里遨游等,在 Flash 中通过引导路径动画可以实现此类效果。将一个或多个层链接到一个运动引导层,使一个或多个对象沿同一条路径运动的动画形式称为"引导路径动画"。这种动画可以使一个或多个元件完成曲线或不规则运动。

4.3.1 创建引导路径动画的方法

一个最基本"引导路径动画"由两个图层组成:上面一层是"引导层",它的图层图标为 ；下面一层是"被引导层",图标 同普通图层一样。

在普通图层上单击"时间轴"面板的"添加运动引导层"按钮 ，该层的上面就会添加一个引导层 ，同时该普通层缩进成为"被引导层",如图 4.75 所示。

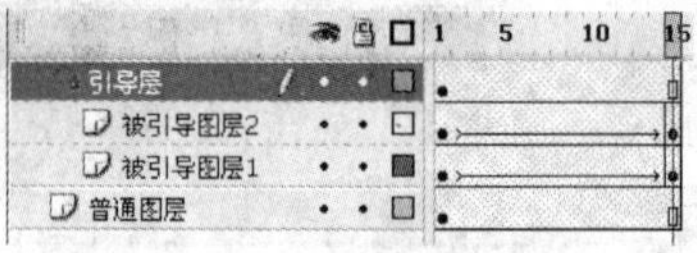

"引导层"是用来指示元件运行路径的,所以"引导层"中的内容可以是用钢笔、铅笔、线条、椭圆工具、矩形工具或画笔工具等绘制出的线段;而"被引导层"中的对象是跟着引导线走的,可以使用影片剪辑、图形元件、按钮、文字等,但不能应用形状。由于"引导线"是一种运动轨迹,不难想象,"被引导"层中最常用的动画形式是动作补间动画。当播放动画时,一个或数个元件将沿着运动路径移动。

图 4.75 引导路径动画

"引导动画"最基本的操作就是使一个运动动画"附着"在"引导线"上。所以操作时特别要注意"引导线"的两端,被引导的对象起始、终点的两个"中心点"一定要对准"引导线"的两个端点。

4.3.2 应用引导路径的技巧

- "被引导层"中的对象在被引导运动时,还可进行更细致的设置,比如运动方向,选中"属性"面板中的"调整到路径"复选框,对象的基线就会调整到运动路径。如果选中"对齐"复选框,元件的注册点就会与运动路径对齐,如图 4.76 所示。

图 4.76 路径调整和对齐

- 引导层中的内容在播放时是看不见的,利用这一特点,可以单独定义一个不含"被引导层"的"引导层"。该引导层中可以放置一些文字说明、元件位置参考等,此时,引导层的图标为 。
- 在制作引导路径动画时,单击工具栏中的"对齐对象"按钮 ，可以使"对象附着于引导线"的操作更容易成功。

- 过于陡峭的引导线可能使引导动画失败,而平滑圆润的线段有利于引导动画成功制作。
- 被引导对象的中心对齐场景中的十字星,也有助于引导动画的成功。
- 向被引导层中放入元件时,在动画开始和结束的关键帧上,一定要让元件的注册点对准线段的开始和结束的端点;否则无法引导。如果元件为不规则形,则可以单击工具栏上的"任意变形工具"按钮 ,调整注册点。
- 如果想解除引导,可以把被引导层拖离"引导层",或在图层区的引导层上右击,在弹出的快捷菜单中选择"属性"命令,在弹出的对话框中选择"正常"作为图层类型,如图 4.77 所示。

图 4.77 "图层属性"对话框

- 如果想让对象做圆周运动,则可以在"引导层"画一个圆形,再用橡皮擦去一小段,使线段出现 2 个端点,再把对象的起点、终点分别对准端点即可。
- 引导线允许重叠,比如螺旋状引导线,但在重叠处的线段必须保持圆润,让 Flash 能辨认出线段走向;否则会使引导失败。

4.4　制作引导路径动画案例

4.4.1　展翅飞翔

本实例主要运用引导层中的引导线,使小鸟能按着指定的路线飞翔。具体实现步骤如下:

(1) 新建一个 Flash 文档,按 Ctrl＋Shift＋S 组合键保存,命名为"展翅飞翔",大小为 550×400,背景颜色设置为天蓝色(即♯00CCFF),作为天空的颜色。

(2) 制作"小鸟"影片剪辑。

① 按 Ctrl＋F8 组合键,或选择"插入"|"新建元件"命令,创建一个名为"小鸟"的影片剪辑元件,"类型"为"影片剪辑",单击"确定"按钮。

② 选择"文件"|"导入"|"导入到库"命令,出现"导入到库"对话框,选中图片素材中的小鸟 1.jpg 至小鸟 8.jpg,单击"打开"按钮,将图片导入到库中,如图 4.78 所示。

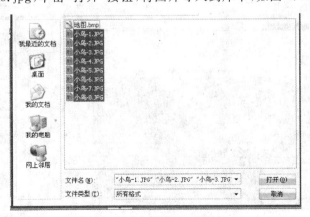

图 4.78　选择图片

遮罩动画与导引线动画

③ 按 Ctrl＋L 组合键打开库,在"小鸟"影片剪辑的第 1 帧,把"小鸟-1.jpg"图片拖曳到场景中。其宽为 330、高为 153、x：－175、y：－75,属性的设置如图 4.79 所示。

图 4.79　图片设置

④ 在第 2 帧插入空白关键帧,将"小鸟-2.jpg"图片拖曳到场景中。其宽为 330、高为 169、x：－175、y：－75。

⑤ 以同样的方法处理第 3 帧至第 8 帧。

注意：需调整图片的位置,使得连续播放 1～8 帧时小鸟能连贯飞翔。

(3) 返回主场景中,在图层 1 把"小鸟"影片剪辑拖曳到场景中,在第 90 帧按 F6 键插入关键帧,右击第 1 帧,在弹出的快捷菜单中选择"创建补间动画"命令,如图 4.80 所示。

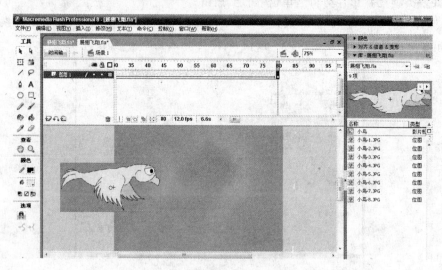

图 4.80　小鸟的动作补间动画

（4）选择"添加运动引导层"命令添加一个引导层。在引导层中绘制曲线。单击工具箱中"贴紧至对象"按钮 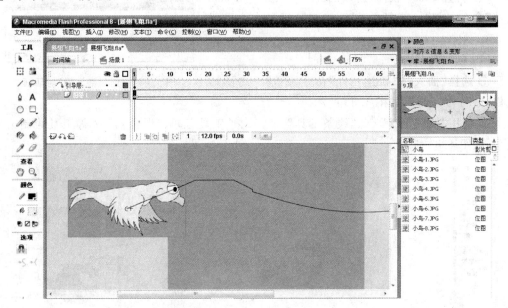，将第 1 帧的"小鸟"影片剪辑的小圆吸附到引导线（曲线）的头（左边），如图 4.81 所示。再将第 80 帧"小鸟"影片剪辑的小圆吸附到引导线（曲线）的尾（右边），如图 4.82 所示。

图 4.81　运动起始位置

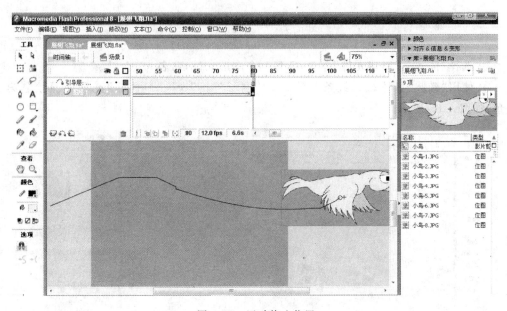

图 4.82　运动终止位置

注意：以上是将图片小鸟的每一个动作图片放到"小鸟"影片剪辑的每一帧中，有绘画功底的同学可以运用前几次实验的绘画基础在每一帧上自己画出小鸟飞翔时的不同动作，要使其连起来看像在展翅飞翔。

遮罩动画与导引线动画

4.4.2 游动的鱼

本实例主要运用绘图工具和引导层,制作出两条鱼游动的效果。

（1）打开 Flash 软件,选择"文件"|"新建"|"Flash 文档"命令,创建一个新的 Flash 文档,场景大小设置为 550×400。

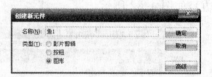

（2）创建鱼元件。

① 选择"插入"|"新建元件"命令,新建一个图形元件,命名为"鱼 1",如图 4.83 所示。

图 4.83 "创建新元件"对话框

② 使用"椭圆工具" ○ 、"线条工具" ／ 、"刷子工具" 🖌 、"混色器" 🔌 等工具绘制第一条鱼,如图 4.84 所示。

图 4.84 第一条鱼

③ 选择"插入"|"新建元件"命令,新建一个图形元件,命名为"鱼 2"。

④ 使用"椭圆工具" ○ 、"线条工具" ／ 、"刷子工具" 🖌 、"混色器" 🔌 等工具绘制第二条鱼,如图 4.85 所示。

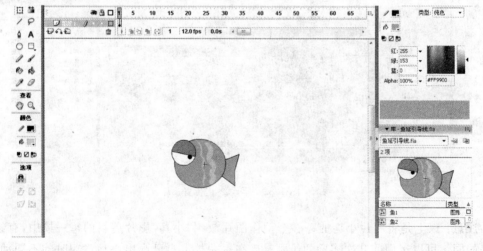

图 4.85 第二条鱼

（3）第一条鱼的运动。

① 返回到场景，将图层命名为"鱼1"，并将图形元件"鱼1"拖入场景。

② 在图层"鱼1"中第35帧的位置上按F6键添加关键帧。单击"添加运动引导层"按钮，如图4.86所示。

图4.86　添加引导层

③ 使用"铅笔工具"，为"鱼1"绘制一条运动线路，如图4.87所示。

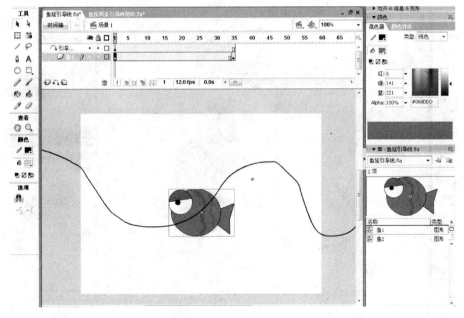

图4.87　游动轨迹

④ 在图层"鱼1"第1帧的位置上，将图形元件"鱼1"拖动至运动线路的最右端。

⑤ 在图层"鱼1"第35帧的位置上，将图形元件"鱼1"拖动至运动线路的最左端。

⑥ 在图层"鱼1"第1帧的位置上右击，在弹出的快捷菜单中选择"创建补间动画"命令，如图4.88所示。

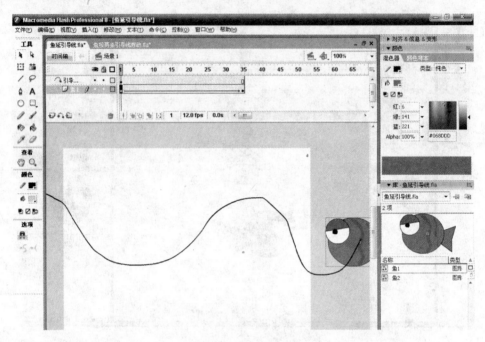

图 4.88　创建补间动画

（4）第二条鱼的游动制作与第一条类似，如图4.89所示，此处不再赘述。

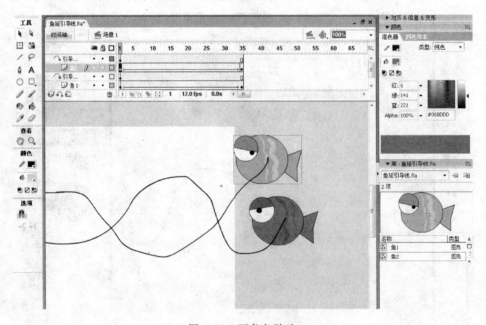

图 4.89　两条鱼游动

4.4.3 蜻蜓点水

本实例为形变动画及导引路径动画的综合运用。实例的具体操作如下：

（1）新建一个 Flash 文档，然后单击"文件"|"另存为"命令，将弹出"另存为"对话框，在"文件名"文本框中填入"蜻蜓点水.fla"，再单击"保存"按钮存盘。

（2）将蜻蜓图片导入到库里。选择"文件"|"导入"|"导入到库"命令，如图 4.90 所示。出现导入到库的对话框，选中"蜻蜓.jpg"图片文件，单击"打开"按钮。

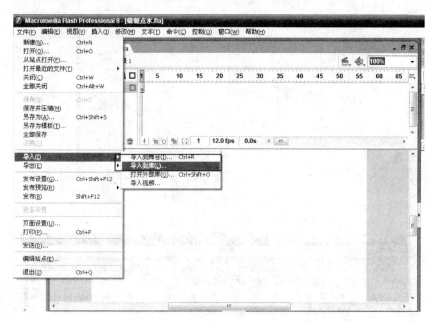

图 4.90 导入图片

（3）制作"蜻蜓飞"影片剪辑。

① 选择"插入"|"新建元件"命令，或按 F8 键，打开"创建新元件"对话框，在打开的对话框的"名称"文本框里输入"蜻蜓飞"，并在"类型"选项区中选择"影片剪辑"选项，如图 4.91 所示，单击"确定"按钮。

图 4.91 创建"蜻蜓飞"元件

② 按 Ctrl+L 组合键打开库，将库里的"蜻蜓.jpg"图片拖曳到工作舞台中，并使用工具箱中的"任意变形工具" 将蜻蜓正向放置，并按 Ctrl+B 组合键将图片分离，如图 4.92 所示。

③ 在第 2 帧按 F6 键插入关键帧，用工具箱中的"任意变形工具"按钮 ，在高度不变的情况下缩小图片的宽度，并使第 2 帧的图片的中心位置与第 1 帧图片的中心位置重合，然后在第 15 帧按 F5 键延长帧，如图 4.93 所示。

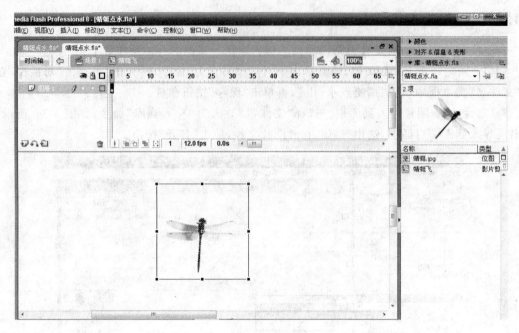

图 4.92　打散蜻蜓图片

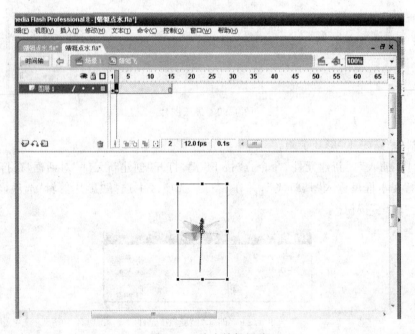

图 4.93　缩小蜻蜓翅膀

（4）制作"水波"影片剪辑。

① 单击窗口右上方的"编辑场景"按钮 ，切换到舞台。选择"插入"|"新建元件"命令，或按 F8 键，打开"创建新元件"对话框，在打开的对话框的"名称"文本框中输入"水波"，并在"类型"选项区中选择"影片剪辑"选项，单击"确定"按钮。

② 在工具箱中禁用填充色 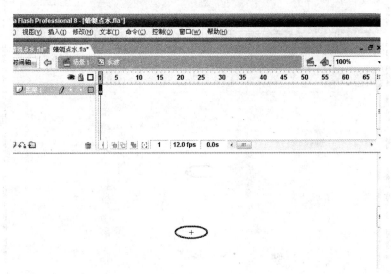 ，设置笔触颜色为黑色 ，单击工具箱中的"椭圆工具"按钮 ，在"属性"面板中设置实线高度为3，在工作舞台中绘制一个椭圆，如图4.94所示。

图 4.94　水波图形

③ 在第15帧按F6键插入关键帧，再画几个椭圆，如图4.95所示。

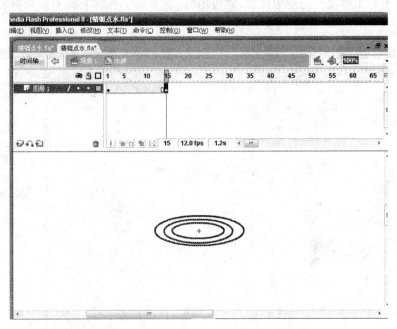

图 4.95　水波纹

④ 在第40帧按F5键插入关键帧，单击第1帧，在"属性"面板的"补间"下拉列表框中选择"形状"，如图4.96所示。

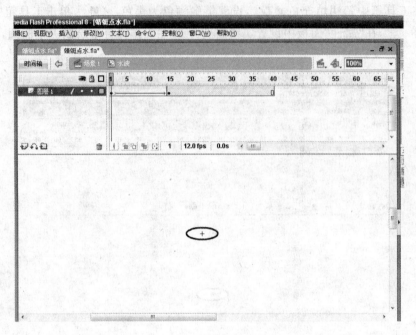

图 4.96　形变动画

(5) 单击窗口右上方的"编辑场景"按钮 场景 1，切换到舞台。在"图层 1"将"蜻蜓飞"影片剪辑拖曳到工作舞台的左边位置，并使用"任意变形工具" 调整影片剪辑的角度，如图 4.97 所示。

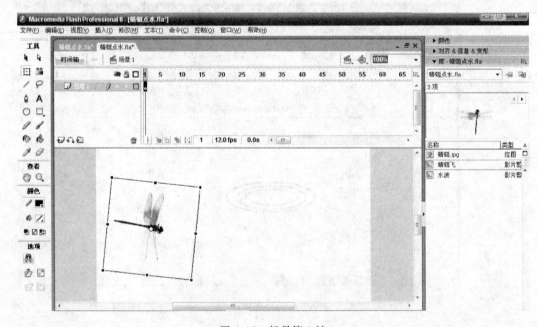

图 4.97　场景第 1 帧

(6) 在第 30 帧按 F6 键插入关键帧，将"蜻蜓飞"影片剪辑拖放到舞台右边，并使用"任意变形工具" ，将影片剪辑调整角度。右击第 1 帧，在弹出的快捷菜单中选择"创建补间动画"命令,再单击第 45 帧并按 F5 键延长帧,如图 4.98 所示。

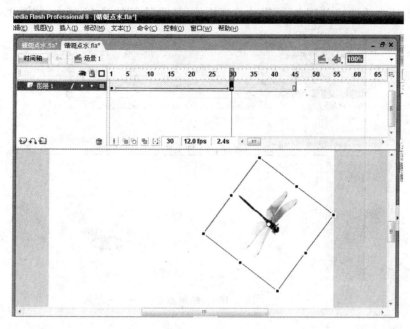

图 4.98　蜻蜓飞

　　(7) 单击"时间轴"面板中的"添加运动引导层"按钮 ⁂ 新增"引导层",单击"引导层"的第 1 帧,使用铅笔工具绘制一半圆(绘制的方法是使用椭圆工具绘制一个无填充色的正圆,删除下半部分即可),在第 30 帧插入空白关键帧,如图 4.99 所示。

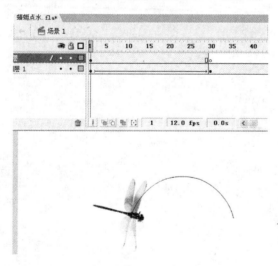

图 4.99　添加运动轨迹

　　(8) 在"图层 1"的第 1 帧将蜻蜓元件吸附至半圆的左端起始点,在"图层 1"的第 30 帧将蜻蜓元件吸附至半圆的右端终止点。

遮罩动画与导引线动画

（9）单击"时间轴"面板中的插入新图层按钮 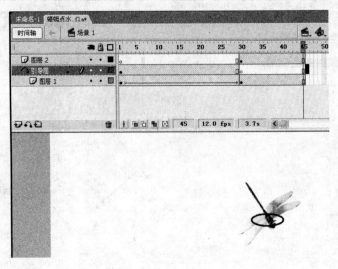 新增"图层 2"，单击"图层 2"的第 30 帧，按 F6 键插入关键帧，将"水波"影片剪辑拖放到"图层 2"的第 30 帧中，如图 4.100 所示。

图 4.100　蜻蜓点水

第 5 章   ActionScript 基础

ActionScript 是 Flash 中内嵌的脚本程序,使用 ActionScript 可以实现对动画流程以及动画中的元件的控制,从而制作出非常丰富的交互效果及动画特效。Flash 8 中的 ActionScript 是 2.0 版,根据添加脚本的对象来分,ActionScript 主要有以下几种：为时间轴中的关键帧添加的脚本,为影片剪辑元件实例添加的脚本,为按钮添加的脚本。一部 Flash 作品不管长短大小,都很难离开动作脚本,但动作脚本也并非高深莫测,脚本程序与其他的程序设计语言有许多相通之处,下面就从程序中共通的基本概念开始介绍。

5.1   ActionScript 编程基础

5.1.1   ActionScript 中的相关术语

在 Flash 8 中,如果要进行动作脚本设置,可以直接打开"动作"面板,在 ActionScript 编辑器中为帧、按钮、影片剪辑添加脚本程序。在学习 ActionScript 程序之前,应了解以下几个常用的概念。

1. 类和对象

类是对象的软件抽象,是创建对象的模板,一个类表示一组相似的对象。例如,如果一只猫被看作一个对象,那么猫科就可以被看作一个类。对象是类的实例。应用类可以减少大量重复性工作,假如在一个 Flash 游戏中,里面有一些人物角色,每个人都有相同的一些特性,比如,身体构成。在这种情况下,就应该创建一个"角色"类,以后每当需要一个新的角色时就从"角色"类中生成一个。元件和实例的关系就是类和对象的关系,因为元件实际上就是 Flash 的内建类。

2. 实例

实例指对象,对象就是从它所属的那个类产生的。

3. 实例名称

实例名称是在脚本中用来代表影片剪辑实例和按钮实例的唯一名称。可以使用"属性"面板为舞台上的实例指定实例名称。例如,库中的元件名为 counter,影片中该元件的两个实例使用实例名称 scorePlayer1 和 scorePlayer2,那么可以使用下面的代码来设置每个影片剪辑实例中的 tick 属性。

```
_root.scorePlayer1.tick = 20;
_root.scorePlayer2.tick = 10;
```

4. 属性和方法

属性是类知道的事情,而方法是类可以做的事情。属性和方法都是类的职责。定义类就必须定义它的属性和方法。属性的定义需要定义它的名称和数据类型。方法的定义就是创建一个函数的过程,根据需要可以创建出能够接受参数且能够返回值的方法。

5. 标识符

标识符是一个符合特定规则要求的字符串。这个字符串的第一个字符必须是字母、下划线(_)或美元符号($),其后的字符必须是字母、数字、下划线或美元符号。程序中所有需要命名的东西(例如,变量或实例)的名称都应该是一个标识符。

6. 变量

变量是保存数据类型值的标识符。可以创建、更改和更新变量,也可以获得它们存储的值以便在脚本中使用。如在下面代码中,赋值符号(=)左侧的标识符都是变量。

```
x = 5;
y = 10;
name = "hello";
customer.address = "Beijing"
c = new Color(mcColrName);
```

7. 事件

面向对象的软件运行是随着一个个事件的发生来推进的,称为"事件驱动"。如,当欣赏 Flash 动画时,实际上是正在发生一个个"进入帧"事件。在这些事件中,FlashPlayer 会呈现每帧中的内容,因此就能看到画面。当单击按钮时,一个按钮事件就发生了,该按钮事件中的脚本就会被执行,这些脚本的作用可能是把你带到特定的场景、特定的帧或者是链接到某个 URL。

8. 函数

函数是可重用的代码段。一个函数完成一个特定的任务。可以向函数传递参数,也可以从函数中返回值。

9. 参数

参数是用于函数传递值的占位符。在下面的 area()函数中,x 和 y 是该函数的两个参数。

```
function area(x,y){
    return x * y;
}
```

当如下面这样调用 area()函数时,就通过其参数向这个函数传递了所需的两个值,这两个值在函数中进行运算,并将其运算结果返回到调用位置。

```
rectangleArea = area(2,3);
```

5.1.2 ActionScript 语法基础

1. 点语法

点语法典型的使用形式是以对象名称或元件实例名称开头,然后是一个点,最后是一个属性或方法名。例如,myMovieClip._alpha。除了这种最基本的用法外,点语法可以通过描述出一个路径来很方便地指向某个目标对象。例如,假如 smallMovieClip 影片剪辑位于 bigMovieClip 影片剪辑中,而 bigMovieClip 影片剪辑又位于场景时间线中,则当要在场景时间线中引用 smallMovieClip 的 alpha 属性时,可以使用表达式 _root. bigMovieClip. smallMovieClip. _alpha。这里_root 是一个特殊的属性,用来引用根时间线。

另外,点语法也可以用来引用变量,例如,smallMovieClip. myVariable 用来引用 smallMovieClip 中定义的变量 myVariable。

2. 分号

分号的重要性仅次于点语法,因为在 Flash 中,是用分号(;)来明确表示一条语句的结束。如:

```
myText = "Hello world!";
gotoAndPlay(10);
```

虽然 Flash 不要求语句结束时必须使用分号,但明确使用分号作为语句的结束是良好的编程习惯。

3. 花括号

有些脚本显然是应该作为一个"代码块"来执行的,例如,影片剪辑或按钮的事件处理器中的脚本、函数中要执行的脚本以及类的定义。为了明确表示这些脚本是作为一个整体存在和执行的,需要把这些脚本用花括号括起来。例如,如下按钮事件处理器:

```
on (release) {
    _level1._visible = false;
    _level0._visible = true;
    gotoAndStop(41);
}
```

4. 圆括号

圆括号是在定义和调用函数时使用的。在定义函数时,函数的参数需要用圆括号括起来,而调用函数时,传递给函数的各参数的值也必须用圆括号括起来,定义如下函数:

```
function area(x,y){
    return x * y;
}
```

调用函数:

```
rectangleArea = area(2,3)
```

因为方法也是函数,所以在调用对象的方法时也需要使用圆括号:

```
mySound = new Sound();
mySound.attachSound("backgroundSound");;
mySound.start(0,9999);
```

此外,圆括号的另一个重要作用就是在四则运算中改变运算的优先级,如 2 * 3 + 1 和 2 * (3 + 1)结果不同。

5. 引号

引号在 Flash 中的作用就是用来表示字符串,当要表示某个内容是一个字符串值时,则把它用引号引起来,如下:

```
myText = "Hello World!";
```

但要在两个双引号中使用双引号时(如字符串中本身就带有双引号),则为了不致于发生错误的结合,应该使用转义字符(\),如:

```
myText = "他喜欢说的一句话是\"相信自己\"。";
```

6. 方括号

方括号用于定义数组。Flash 中专门有一个数组类,因此,创建的数组都是从这个数组类生成的对象。下面的语句创建了包含 3 个元素的数组:

```
myArray = [1,2,3];
```

7. 常数

常数是一些其值永远不变的常量。如,圆周率 π 的值就是一个常数。在 Flash 中,有若干种形式的常数,有点常数是以类的属性的形式存在的。如,要使用圆周率 π 的值,可以使用 Math.PI,PI 是内建类 Math 的一个属性;而有些常数是以布尔值的形式存在的,如 false 和 true。

以属性形式存在的常数用于计算和比较,如,下面的语句要计算圆的面积:

```
circleArea = Math.PI * Math.pow(radius,2);
```

以布尔值形式存在的常数常用于设置属性的值。如,下面的语句设置影片剪辑 myMovie 为不可见:

```
myMovieClip._visible = false;
```

8. 关键字

在动作脚本中保留了一些具有特殊用途的名字,这些名字称为关键字。在编写脚本时,不要再使用它们作为变量、函数或标签名称。表 5.1 列出了一些常见的关键字。

表 5.1　常见关键字

break	else	instance	typeof	delete
case	for	new	var	in
continue	function	return	void	this
default	if	switch	while	with

9. 区分大小写

区分大小写是减少程序输入错误的有效手段,因此应该养成按 Flash 推荐的大小写习惯来使用属性、方法、函数等。当遵循了 Flash 推荐的大小写习惯时,这些属性和方法名会高亮显示。如,gotoAndPlay()是推荐的写法,而 gotoandplay()就不是。

10. 注释

使用注释是开发人员的良好习惯,它可以向脚本中添加说明,便于用户对程序的理解。注释不会增加文件的体积,因为注释不会被编译到 SWF 文件中。

注释既可以单独占一行,也可以直接写在代码行的后面。如:

```
//游动速度
speed = random(7);
direction = random(8);//游动方向
```

除了使用"//"来添加单行注释外,还可以创建被称为"注释块"的注释。使用注释块方式可以在文档中添加大段的注释,注释块以"/*"开始,以"*/"结束。位于注释块中的任何内容都将被 Flash 当作注释。

5.1.3　数据类型和变量

如果变量是瓶子,则数据类型就是可以装入瓶子的东西的所属的类型。在没有明确声明的情况下,一个变量(瓶子)中应该可以装入各种类型(例如酱油类或醋类或白水)的数据,但如果变量在创建时被明确声明了只能装入某种类型的数据(声明某个瓶子只能装酱油,则不能装醋进去),则以后就必须遵守这个约定。

变量是一种可以安全地但却是临时地保存数据的方法。Flash 可以使用多种数据类型,如数字、字符、布尔、数组、对象、null 和 undefined。

下面简要介绍几种常用的基本数据类型。

1. 字符串数据类型

任何一个由可显示的字符(数字、字母、标点符号)组成的串都可以称为字符串,只要它们出现在引号之间。如,"123467"、"Flash 8"、"♯-￥83"都是字符串。可以使用"＋"运算符把几个字符串串联起来,如 stringLink = "你好," + "Flash!";,那么 stringLink 中保存着字符串"你好,Flash!"。

2. 数字数据类型

操作数字对读者来说会更熟悉一些,在 ActionScript 中只有一种数字数据类型,即双精度浮点数。可以使用算术运算符,例如,加(＋)、减(－)、乘(＊)、除(/)等对数值型数据进行处理;也可以使用内置的 Math 对象的方法处理数值,如使用 sqrt(数值)方法求数值的平方根,如 Math.sqrt(90);。

假如一个字符串和一个数字相加会怎样?如:

x = "2" + 3;

在这种情况下,Flash 会把数字视为字符串,那么 x 中存放着字符串"23"。

3. 布尔数据类型

布尔(Boolean)值是一种十分简单的数据类型,不是 true(真)就是 false(假)。布尔数据类型的变量经常被用于一些"开关"作用。例如,在一个检查用户是否在表单的文本域中正确填写了姓名、电子邮箱、电话等信息的 Flash 应用中,可以编写一些过滤程序来检测用户填写的姓名、电子邮箱、电话等信息是否有效,如姓名必须是中文或字母,电子邮箱中必须有@符号,而电话号码必须是数字。当这些值有效时,就把相应的布尔数据类型的变量设置为true,而这些变量的初始值都是 false。假定 3 个变量名为 nameBoolean、emailBoolean、teleBoolean),那么就可以用下面语句来判断用户是否填写了正确的信息:

```
if(nameBoolean && emailBoolean && teleBoolean){
    //用户正确填写后要执行的脚本
}
else{
    //用户没有正确填写时要执行的脚本
}
```

4. 对象数据类型和数组数据类型

对象数据类型可以有属性和方法，Flash 有多种内建类，可以从中创建出各种对象数据类型的变量。例如，下面的语句从 Sound 类创建声音对象类型的变量来捆绑和控制声音的播放：

```
mySound = new Sound();
mySound.attachSound("backgroundSound");
mySound.start(0,100);
```

下面的语句从 Color 类创建颜色对象类型的变量来控制影片剪辑的颜色：

```
myColor = new Color(myMovieClip);
myColor.setRGB(0xFF6600);
```

对象数据类型中用得最多的就是影片剪辑数据类型，它的大量属性和方法是读者掌握的重点。

5.1.4　程序控制

Flash 是面向对象和事件驱动的，但面向对象同面向过程并不是截然分开的。在每一个代码块的内部，程序总是面向过程的，Flash 会遵循程序的流程，执行它所遇到的每一行代码。例如，在场景事件线的第 5 帧中包含了下面的代码，则当播放到该帧时，Flash 会顺序地执行这些代码：

```
speed = random(7);
time = random(3000);
gotoAndPlay(2);
```

假如希望在满足某些条件时执行一些代码，而不满足时执行另一些代码，这就涉及程序的流程问题。程序的流程除了"顺序"外，还有"条件"和"循环"。

使用条件可以控制脚本中的哪些部分被执行，哪些部分被跳过。如果将一段脚本放置到一个按钮上，而用户永远不去单击这个按钮，则这段脚本也将永远不会被执行。但一旦用户单击了这个按钮（即当"鼠标点击"事件发生时），条件可以决定包含的脚本哪个部分被执行。

循环是一种可以使特定的脚本反复执行（可以是某个特定的次数或是直到某个条件满足）的方法。循环可以节省大量的输入。

1. 条件语句

在 Flash 中，条件语句共有 4 种结构：if、if else、if else if 以及 switch。

一个普通的 if 语句只有当这条语句被执行到且条件是真的，才会执行后承代码。如，"如果下雨，那么带上雨伞"，除非下雨，否则就不用做什么。考虑这样的情况"如果下雨，那么带上雨伞，否则带上帽子"，这种情况下要么带雨伞要么带帽子。再考虑"如果下雨，那么带上雨伞，否则，如果天晴，带上帽子"，这里有可能什么都不带。下面用 ActionScript 来展示 3 个现实生活中的情况：

普通的 if：

```
if(isRaining){
    //带上雨伞
}
```

标准的 if else：

```
if(isRaining){
    //带上雨伞
}else{
    //带上帽子
}
```

更复杂的 if else if：

```
if(isRaining){
    //带上雨伞
} else if (isSunny){
    //带上帽子
}
```

最后一条条件语句结构是 switch。switch 结构适合条件只有几个特定值的情况。switch 语句的格式是：

```
switch(表达式){
    case 表达式 1：
    //要执行的代码段 1
    case 表达式 2：
    //要执行的代码段 2
    case 表达式 3：
    //要执行的代码段 3
        ⋮
    default：
    //要执行的代码段
}
```

如果 switch（表达式)中的表达式值结果与某个"case 表达式 X"中的表达式 X 的求值结果严格相等的话，就执行该"case 表达式 X"后面的代码段，如果 switch(表达式)中的表达式求值结果与任何一个 case 表达式都不相等的话，就执行 default 中的代码段。

下面的例子根据变量 holidayName 的值来输出不同的节日可以得到放几天假的信息：

```
var holidayName：String;
holidayName = "五一";
switch(holidayName){
    case "春节"：
        trace("春节放假 7 天");
        break;
    case "五一"：
        trace("五一放假 3 天");
        break;
    case "十一"：
        trace("国庆节放假 7 天");
        break;
    default：
        trace("这不是一个长假节日");
}
```

ActionScript 基础

2. 循环语句

在 Flash 中有 4 种结构的循环语句：for、for in、while 和 do while。

1) for 和 for in

for 语句循环适合于预先知道循环次数的情况，它的一般形式如下：

```
for(init;condition;next){
    //要重复执行的脚本
}
```

在这里，init 是在开始循环前的初始条件；condition 是一个求值结果为 true 或 false 的表达式，每次循环迭代前对该表达式求值，如果求值结果为 true 则执行循环，否则就退出循环；next 是每次循环迭代后要执行的语句。下面是一个 for 循环的例子：

```
for(n = 1;n<11;n+ +){
    trace("当前循环次数为" + n);
}
```

对于这个例子，由 n＝1 开始，当 n＜11 时一直重复 trace 动作，并在每次重复后递增 n，在这个循环中，trace 动作总共被执行了 10 次，但每次循环所产生的字符串略有不同。在输出窗口将看到"当前循环次数为 1"，然后是"当前循环次数为 2"……在 n＜11 为真时，一直重复这个过程。当 n 达到 10 的这遍循环执行完后，n 变成了 11，因此条件为假，Flash 将跳过关闭花括号并继续其后的任何脚本。

for in 循环的形式如下：

```
for(iterativeVariable in object){
    //这里是要重复执行的语句
}
```

在实际中，经常会要设置多个实例的位置。由于这些实例往往具有类似的名称，如 myMC1、myMC2、myMC3 等。因此，在多数情况下，可以使用如下代码来设置这些实例的位置：

```
for(i = 1;i< = 5;i+ +){
    setProperty("myMC" + i,_x,100 + i * 50);
    setProperty("myMC" + i,_y,300);
}
```

如果这 5 个影片剪辑名称不具有相似性，如 myFace、myEye、myNose、myMouth。在这种情况下，for 就变得无能为力了，只有使用 for in 来进行设置，如下代码所示：

```
i = 0;
for(index in _root){
    setProperty(index,_x,100 + 50 * index);
    setProperty(index,_y,300);
}
```

2) while 和 do while

while 的形式如下：

```
while(condition){
```

```
    //这里是要重复执行的代码
}
```

当程序执行遇到 while 语句时,它首先会对 condition 求值,如果结果为 true,就执行 while 语句中的脚本,直到 condition 的求值结果为 false 时,才跳过循环,继续执行 while 之后的其他脚本。下面求 1+2+3+…+100 值的例子展示了 while 语句最简单的用法:

```
i = 1;
sum = 0;
while(i< = 100){
    sum = sum + i;
    i++;
}
trace(sum);
```

do while 的形式如下:

```
do{
    //这里是要重复执行的代码
}while(condition);
```

它与 while 的不同是 do 花括号内的代码至少会被执行一次。

5.1.5 使用"动作"面板编写脚本

在 Flash 中,通常是使用"动作"面板来为关键帧、影片剪辑和按钮编写程序。动作面板分为 3 个部分,如图 5.1 所示。

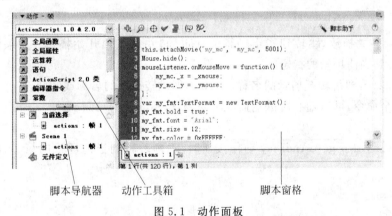

图 5.1 动作面板

- 左上方的窗格为动作工具箱。如果忘记了某个全局函数、语句或是内建类的方法和属性是如何正确拼写的,就可以单击动作工具箱中的相应项,并一级级地单击下去,直到找到,然后双击它,即可出现在右边的脚本窗格。
- 左下方的窗格是脚本导航器。从中可以快速了解整个文档中哪些关键帧、影片剪辑或按钮上捆绑了脚本。只有被捆绑了脚本的项目才会出现在脚本导航器中。
- 右边的窗格是脚本窗格。当单击某个关键帧、影片剪辑实例或是按钮实例时,假如其上捆绑了脚本,就会在该窗格中看到这些脚本。如果想为某个关键帧、影片剪辑实例或按钮实例捆绑脚本,也是在该窗格中进行编写。

5.1.6 ActionScript 基本控制动作

在 Flash 中,动作就是可以在指定事件发生时运行的命令。事件大致包括 3 种类型,即时间轴内的播放头达到某一帧时,某个影片剪辑载入或卸载时,以及用户单击某个按钮或按下某个键时。控制这些事件的动作很多,如帧之间的跳转、拖动和复制影片剪辑等。

1. 时间轴的控制

在"动作"面板中,单击"时间轴函数"选项后,会显示若干命令用于控制影片中的帧和场景,如图 5.2 所示。

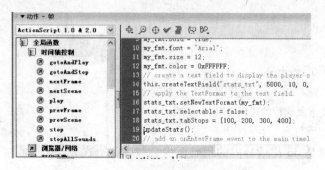

图 5.2　时间轴控制函数

1) gotoAndPlay 和 play 动作

一般形式如下:

```
gotoAndPlay(scene,frame);
```

作用:跳转并播放,跳转到指定场景的指定帧,并从该帧开始播放;如果没有指定场景,则将跳转到当前场景的指定帧。

参数:scene,即跳转至场景的名称;frame,即跳转至帧的名称或帧数。

有了这个命令,可以随心所欲地播放不同场景、不同帧的动画。

例:

当单击被附加了 gotoAndPlay 动作按钮时,动画跳转到当前场景的第 16 帧并且开始播放:

```
on(release){
gotoAndPlay(16);
}
```

例:

当单击被附加了 gotoAndPlay 动作按钮时,动画跳转到场景 2 的第 1 帧并且开始播放:

```
on(release){
gotoAndPlay("场景 2",1);
}
```

play()可以指定影片继续播放并且没有参数。在播放影片时,除非另外指定,否则从第 1 帧播放。如果影片播放进程被 GoTo(跳转)Stop(停止)语句停止,则必须使用 play 语句才能重新播放。

2）gotoAndStop 和 stop 动作

一般形式如下：

```
gotoAndStop(scene,frame);
```

作用：跳转并停止播放，跳转到指定场景的指定帧并从该帧停止播放；如果没有指定场景，则将跳转到当前场景的指定帧。

参数：scene，即跳转至场景的名称；frame，即跳转至帧的名称或数字。

stop()停止当前播放的影片，该动作最常见的运用是使用按钮控制影片剪辑。例如，如果需要某个影片剪辑在播放完毕后停止而不是循环播放，则可以在影片剪辑的最后一帧附加 stop(停止播放影片)动作。这样，当影片剪辑中的动画播放到最后一帧时，播放将立即停止。

3）nextFrame 和 prevFrame 动作

作用：跳至下（上）一帧并停止播放。

例：

单击按钮，跳到下一帧并停止播放：

```
on(release){
nextFrame();
}
```

4）stopAllSounds()

作用：使当前播放的所有声音停止播放，但是不停止动画的播放。要说明一点，被设置的流式声音将会继续播放。

例：

```
on(release){
stopAllSounds();
}
```

当按钮被单击时，影片中的所有声音将停止播放。

2. 影片剪辑的控制

1）duplicateMovie 和 removeMovieClip 动作

作用：duplicateMovie 的作用是按照目标影片剪辑复制一个新的影片剪辑。使用它可以复制出多个与目标影片剪辑完全相同的新影片剪辑，然后通过对新影片剪辑进行移动，可以取得许多精美的艺术效果。removeMovieClip 用于删除复制获得的影片剪辑。

duplicateMovie 的调用格式如下：

```
duplicateMovieClip(target,newname,depth);
```

其中 target 是指要复制的目标，newname 是指复制出新实例的名称，depth 指层次深度，因为被复制出的新影片剪辑各自有其不同的出场顺序，深度较低的影片剪辑隐藏在较高的影片剪辑之下。

下面通过一个例子来理解影片剪辑的复制和影片剪辑的删除在实际中的应用。在这个例子中，每单击一次大青蛙就会复制出一只小青蛙，每按一次空格键就会删除一只小青蛙。

（1）打开一个新文档，创建两个影片剪辑元件，其中一个绘制一只大青蛙（插入图片亦可），另一个是小青蛙，然后将它们各自的一个实例拖放到场景舞台中，如图 5.3 所示。

（2）将小青蛙实例命名为 smallfrog。

图 5.3　舞台上的两个
影片剪辑

（3）在根时间线的第一帧中绑定如下代码：

```
i = 0;
```

（4）为大青蛙实例绑定如下脚本：

```
onClipEvent(mouseDown){
    _root.i = _root.i+1;
    /* 复制出小青蛙的一个新实例 */
    duplicateMovieClip("_root.smallfrog","smallfrog" + _root.i,_root.i);
    /* 随机设置新实例的位置 */
    setProperty("_root.smallfrog" + _root.i,_x,random(500));
    setProperty("_root.smallfrog" + _root.i,_y,random(300));
}
onClipEvent(keyDown){

    /* 当按空格键时根据实际情况删除复制出的小青蛙的实例 */
    if(Key.getCode() = = Key.SPACE){
    removeMovieClip("_root.smallfrog" + _root.i);
        if(_root.i = = 0){
        }else{
            _root.i = _root.i − 1;
        }
    }
}
```

2）on 事件动作

on 事件动作使用较多，主要用于事件的处理。当用户对鼠标或键盘进行某种操作时，相应的事件就发生，其格式如下：

```
on(mouseEvent){
    //处理事件的语句
}
```

其中 mouseEvent 参数叫做"事件"的触发器。当发生此事件时，执行事件后面花括号中的语句。mouseEvent 参数如表 5.2 所示。

表 5.2　mouseEvent 参数说明

mouseEvent 参数	说　　明
press	在鼠标指针经过按钮时按下鼠标
release	在鼠标指针经过按钮时释放鼠标
releaseOutside	当鼠标指针在按钮之内时按下按钮后，将鼠标指针移到按钮之外，此时释放鼠标按钮
rollout	鼠标指针滑出按钮区域
rollover	鼠标指针滑过按钮

mouseEvent 参数	说　　明
dragOut	在鼠标指针滑过按钮时按下鼠标按钮,然后滑出此按钮区域
dragOver	在鼠标指针滑过按钮时按下鼠标按钮,然后滑出此按钮区域,再滑回此按钮
keyPress("key")	按下指定的键。对于此参数的 key,需指定键控代码或键常量

3) onClipEvent 动作

onClipEvent 动作是较常用的事件动作,是触发特定影片剪辑实例的动作,其调用格式如下:

```
onClipEvent(movieEvent){
    //响应事件的代码
}
```

movieEvent 参数称作事件的触发器,movieEvent 参数可以是以下任何值之一。

(1) load:影片剪辑一旦被实例化并出现在时间轴中,即启动此动作。

(2) unload:在从时间轴中删除影片剪辑之后,此动作启动。

(3) enterFrame:以影片剪辑的帧频连续触发该动作。在将任何帧动作附加到受影响的帧之前处理与 enterFrame 剪辑事件关联的动作。

(4) mouseMove:每次移动鼠标时启动此动作。使用 _xmouse 和 _ymouse 属性来确定鼠标的当前位置。

(5) mouseDown:当按下鼠标左键时启动此动作。

(6) mouseUp:当释放鼠标左键时启动此动作。

(7) keyDown:当按下某个键时启动此动作。使用 Key. getCode() 可检索有关最后按下的键的信息。

(8) keyUp:当释放某个键时启动此动作。使用 Key. getCode() 可检索有关最后按下的键的信息。

(9) data:在 loadVariables() 或 loadMovie() 动作中接收到数据时启动该动作。当与 loadVariables() 动作一起指定时,data 事件只在加载最后一个变量时发生一次;当与 loadMovie() 动作一起指定时,则在检索数据的每一部分时,data 事件都重复发生。

5.2　案例演示

5.2.1　旋涡

本实例主要是使用 do while 语句复制多个圆,从而实现圆圈的旋转,产生旋涡的效果,使它看起来像一个时空隧道一样,其操作步骤如下:

(1) 新建一个 Flash 文档,然后单击“文件”|“另存为”命令,将弹出“另存为”对话框,在“文件名”文本框中填入“旋涡. fla”,再单击“保存”按钮存盘。

(2) 选择“修改”|“文档”命令,或按 Ctrl+J 组合键,打开“文档属性”对话框,在该对话框中把文档的宽度和高度都设置为 400px,背景颜色设置为黑色,如图 5.4 所示。

图 5.4 文档属性

（3）选择"插入"|"新建元件"命令，或按 Ctrl＋F8 组合键，打开"创建新元件"对话框，在打开的对话框的"名称"文本框中输入"圆圈"，并在"类型"选项区中选择"影片剪辑"选项，如图 5.5 所示。

图 5.5 新建"圆圈"元件

（4）单击工具箱中的"椭圆工具"按钮，在"属性"面板里设置填充颜色为无色填充，笔触颜色设置为红色，大小为 5，笔触的线条为实线，如图 5.6 所示。

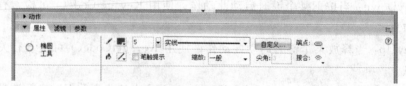

图 5.6 笔触属性设置

（5）使用椭圆工具，按住 Shift 键拖动鼠标，在编辑区上绘制一个正圆，把圆放到中心位置。

（6）选中绘制的圆形，然后选择"修改"|"形状"|"将线条转换为填充"命令。

（7）单击工具箱中的颜料桶工具，然后按 Shift＋F9 组合键打开"混色器"面板，在面板里选择填充颜色的类型为线性，并将填充颜色设置为 Flash 提供的五彩渐变，即从左到右依次为红色（♯FF0000）、黄色（♯FFFF00）、青色（♯00FF00）、蓝色（♯0000FF）与紫色（♯FF00FF），然后使用颜料桶工具单击圆环，对圆环进行渐变填充，如图 5.7 所示。

（8）选中填充后的对象，按 F8 键打开"转换为元件"对话框，在"名称"文本框中输入"圆环"，在"类型"选项区中选中"图形"选项，然后单击"确定"按钮。

（9）在"圆圈"影片剪辑的时间轴上的第 1 帧右击，在弹出的快捷菜单中选择"创建补间动画"命令，在第 15 帧按 F6 键，插入关键帧，如图 5.8 所示。再选择"窗口"|"变形"命令，或者按住 Ctrl＋T 组合键，打开"变形"面板，将"约束"选项选中，再将旋转的角度设置为 180 度，然后按回车键，如图 5.9 所示。

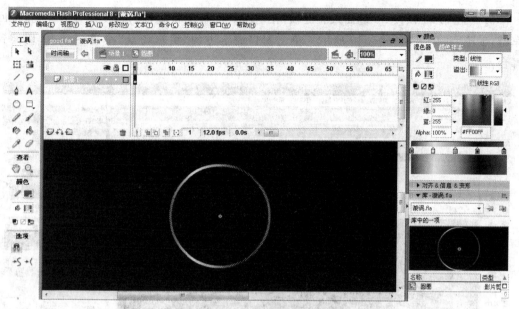

图 5.7 填充色设置

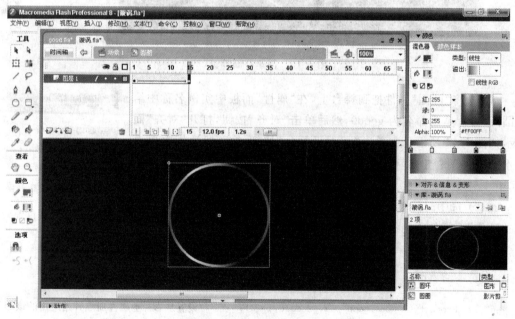

图 5.8 创建补间动画(1)

图 5.9 变形属性设置

第
5
章

ActionScript 基础

（10）在第 30 帧按 F6 键插入关键帧，在"变形"面板中将旋转的角度设置为 0 度，按回车键，旋转后的图形如图 5.10 所示。单击窗口右上方的"编辑场景"按钮 ，切换到舞台。

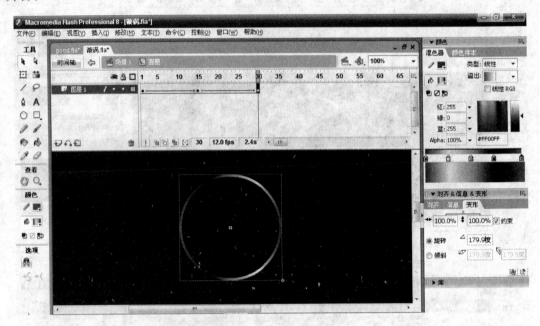

图 5.10　创建补间动画（2）

（11）将"圆圈"元件拖到舞台上，在"属性"面板中实例名称中给"圆圈"影片剪辑命名为 good0，然后单击"对齐"按钮，打开"对齐"面板，如图 5.11 所示。先单击"相对于舞台"按钮 🔲，然后依次单击"水平中齐"按钮 品 和"垂直中齐"按钮 🔟，使得圆圈在舞台上居中。

图 5.11　设置位置

（12）选中时间轴上的第 1 帧，直接按 F9 键打开"动作"面板。在"动作"面板的语句编辑区中输入下面的脚本：

```
i = 0;                                        //i的初值为
do {

    setProperty("_root.good" + i,_xscale,i * 2);   //设置从影片剪辑注册点开始应用的该影片
                                                   //剪辑的水平缩放比例（百分比）
    setProperty("_root.good" + i,_yscale,i * 2);   //设置从影片剪辑注册点开始应用的该影片
                                                   //剪辑的垂直缩放比例（百分比）
    setProperty("_root.good" + i,_rotation,i * 10); //影片剪辑距其原始方向的旋转程度

    i = i+1;                                    //记录复制的影片剪辑的个数

    duplicateMovieClip("_root.good0","good" + i,i); //复制影片剪辑

} while (i<50);
```

注意：

- setProperty 函数用于影片剪辑播放时，更改影片剪辑的属性值。语法格式如下：

setProperty(target,property,expression)

参数：

target——要设置其属性的影片剪辑的实例名称的路径。

property——要设置的属性。

expression——或者是属性的新的字面值，或者是计算结果为属性新值的等式。

- duplicateMovieClip 函数用于复制影片剪辑实例。语法格式如下：

duplicateMovieClip(target,newname,depth)

参数：

target——要复制的影片剪辑的目标路径。此参数可以是一个字符串（例如 "my_mc"），也可以是对影片剪辑实例的直接引用（例如 my_mc）。能够接受一种以上数据类型的参数以 Object 类型列出。

newname——所复制的影片剪辑的唯一标识符。

depth——所复制的影片剪辑的唯一深度级别。深度级别是所复制的影片剪辑的堆叠顺序。这种堆叠顺序很像时间轴中图层的堆叠顺序，较低深度级别的影片剪辑隐藏在较高堆叠顺序的剪辑之下。必须为每个所复制的影片剪辑分配一个唯一的深度级别，以防止它替换已占用深度上的 SWF 文件。

图 5.12　最终效果

（13）按 Ctrl＋Enter 组合键观看动画的效果，在 Flash 的播放器中可以看到模拟的时空隧道在不停地转动，就好像一个大旋涡一样，也可以看到在转动的同时颜色也随着转动，好像不断地向下延伸一样，如图 5.12 所示。

5.2.2　飘雪

在动画中导入声音，可以增加动画的气氛，更能显示出它的效果。本实例就是在雪景动画里添加声音，在动画中伴有音乐。其具体操作步骤如下：

（1）新建一个 Flash 文档，然后单击"文件"|"另存为"，弹出"另存为"对话框，在"文件名"文本框里填入"飘雪.fla"，再单击"保存"按钮存盘。

（2）选择"修改"|"文档"命令，或按 Ctrl＋J 组合键，打开"文档属性"对话框，在该对话框中把文档的宽度和高度分别设置为 400px 和 230px，背景颜色设置为黑色。

（3）选择"文件"|"导入"|"导入到库"命令，出现导入到库的对话框，选中一个音频文件，如"陶喆-寂寞的季节.mp3"，单击"打开"按钮。

同样可将素材中名为"背景"的图片导入到库中。

（4）制作雪花。

按 Ctrl＋F8 组合键，新建一个"图形"元件，将其命名为"雪花"，然后使用工具箱中的基本绘图工具在编辑舞台上绘制如图 5.13 所示的雪花图形。

图 5.13　雪花图形

（5）制作飘雪。

① 单击窗口右上方的"编辑场景"按钮 <u>场景1</u>，切换到舞台。按 Ctrl＋F8 组合键，新建一个"影片剪辑"元件，将其命名为"飘雪"。

② 将"雪花"图形元件拖到编辑舞台中，并单击工具箱里的"任意变形工具"按钮，按住 Shift 键，把导入的"雪花"图形元件等比例调整到合适的大小。在图层 1 第 30 帧按 F6 键插入关键帧，并右击第 1 帧，在弹出的快捷菜单中选择"创建补间动画"命令，如图 5.14 所示。

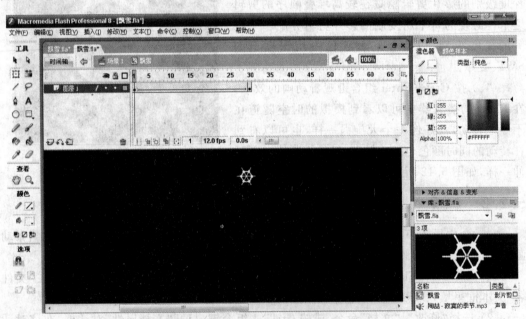

图 5.14　创建雪花运动补间

③ 单击"时间轴"的"添加运动引导层"按钮 ，在引导层中用工具箱中的"铅笔工具"画一条曲线，作为雪花飘落的路径，如图 5.15 所示。

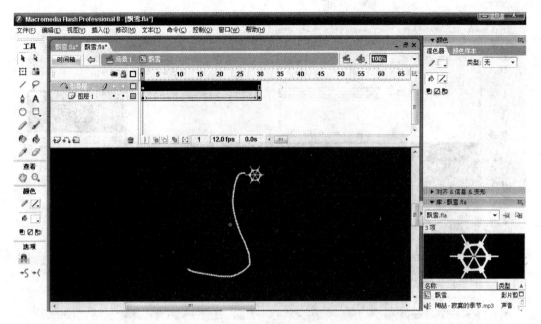

图 5.15　绘制雪花运动轨迹

④ 单击工具箱中"贴紧至对象"按钮 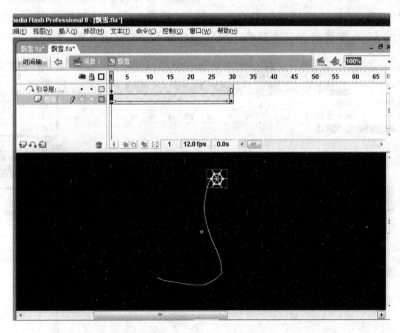，单击"图层 1"的第 1 帧，将"雪花"元件吸附到
引导线上端，如图 5.16 所示；再单击"图层 1"的第 30 帧，将"雪花"吸附到引导线下端，并用
"任意变形工具"将"雪花"缩小。在"属性"面板的"颜色"下拉列表框中选择 Alpha 选项，设
置其值为 8%，如图 5.17 所示。

图 5.16　雪花运动起始位置

ActionScript 基础

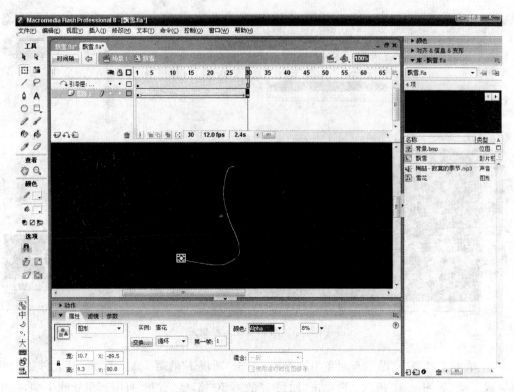

图 5.17　雪花运动终止位置

（6）单击窗口右上方的"编辑场景"按钮 <img>，切换到舞台。将"图层 1"改名为"背景"，将库中的"背景"图片拖到工作舞台。并使用"任意变形工具"，按住 Shift 键，按比例调整背景图片的大小，使其覆盖整个舞台；再在第 2 帧按 F5 键延长帧，如图 5.18 所示。

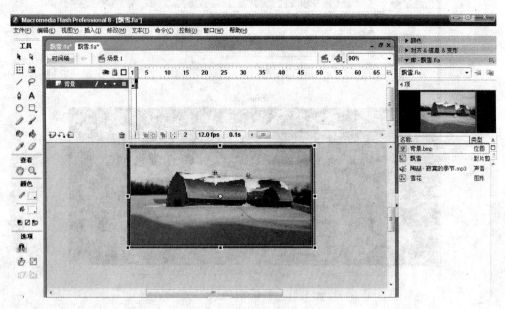

图 5.18　背景图

(7) 单击"时间轴"面板中的插入图层按钮  新增一个图层,并改名为"雪花"。将库中的"飘雪"影片剪辑拖放到场景中,置于舞台的上方,并在"属性"面板中为该影片剪辑填写实例名称 xuehua,如图 5.19 所示。

图 5.19 为"飘雪"实例命名

(8) 单击"雪花"层的第 1 帧,直接按 F9 键打开"动作"面板。在"动作"面板的语句编辑区中输入下面的脚本。

```
i = Number(i) + 1;

duplicateMovieClip("xuehua","xuehua" + i,i);        //复制影片剪辑

setProperty("xuehua" + i,_x,random(550));           //设置影片剪辑的_x 属性为 0~550
                                                    //的随机数
setProperty("xuehua" + i,_y,random(100));           //设置影片剪辑的_y 属性为 0~100
                                                    //的随机数
setProperty("xuehua" + i,_alpha,random(100));       //设置影片剪辑的_alpha 属性为 0~
                                                    //100 的随机数
```

(9) 单击"雪花"层的第 2 帧,按 F6 键插入关键帧,把"雪花"影片剪辑往下移一小段距离。直接按 F9 键打开"动作"面板,在"动作"面板的语句编辑区中输入下面的脚本:

```
if(i<5000){
    gotoAndplay(1);                 //如果 i<5000 转到第 1 帧播放
}
```

```
else{                              //否则,重新设置 i 的值为 1
   i = 1;
   gotoAndPlay(1);                 //在第 1 帧播放
}
```

注意：

gotoAndPlay 函数。从指定帧开始播放 SWF 文件。若要指定场景以及帧，请使用 gotoAndPlay()。其语法格式如下：

```
public gotoAndPlay(frame: Object): Void
```

参数：

frame：Object——表示播放头转到的帧编号的数字，或者播放头转到的帧标签的字符串。

（10）单击"时间轴"面板中的插入图层按钮 新增一个图层，并改名为"音乐"，将库中的"陶喆-寂寞的季节.mp3"音乐直接拖到舞台中。

（11）播放影片，可以看到雪花不断往下飘落，并伴随着声音。

第6章

发布与输出

Flash 的发布系统不仅可以发布 Flash 文档和 HTML 页面,还可以从 Flash 文档发布出各种图像格式文件、可执行程序以及 QuickTime 电影。同时,针对不同的应用场合,还可以发布不同版本的 SWF 文件和 HTML 页面。

6.1 发 布 影 片

6.1.1 发布设置中"格式"选项卡的使用

完成 Flash 作品制作后,用户需要对影片进行优化,使影片能够更快地下载和播放。用户不仅可以发布 Flash 文档为 SWF 格式,还可以将其发布为 HTML、QuickTime、GIF、Macintosh 以及可执行文件等,这样可使 Flash 动画能够以不同的格式播放,以满足不同平台的需要。

从当前的 Flash 文档中发布不同格式的文件,都是在"发布设置"(选择"文件"|"发布设置"命令)对话框的"格式"选项卡中进行指定的,如图 6.1 所示。

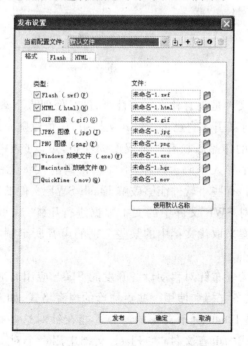

图 6.1 "格式"选项卡

需要发布何种格式,就在"类型"中选中相应的文件格式,其后的文件夹用来为发布出该格式的文件选择保存位置和文件名。当某种类型的文件格式被选中后,"发布设置"对话框会出现相应的选项卡。

6.1.2 发布 Flash SWF 文件

默认情况下总是发布 Flash SWF 文件,可以在"发布设置"对话框的 Flash 选项卡中对发布怎样的 SWF 文件进行设置,如图 6.2 所示。

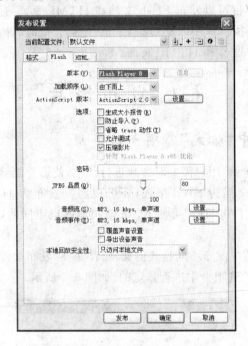

图 6.2　Flash 选项卡

通常,生成的 SWF 文件是没有什么保密性可言的,任何人下载了 SWF 文件后,都可以利用 Flash 的导入功能将其引入自己的 Flash 文档中,还可以随意地编辑这些源内容,并再次发布。如果想对自己的作品版权有一定程度的保护,可以选中"防止导入"复选框,并在"密码"文本框中指定一个导入密码。这样,不知道密码的人将无法导入该 SWF 文件。不过,任何保护都是相对的,有些小软件能够破解 Flash SWF 文件的密码。

"压缩影片"主要是对 SWF 文件中的文本数据进行压缩,减小其体积。如果希望用发布设置中的音频压缩方案来取代文档中的某些个别的声音所定制的设置,可以在这里选中"覆盖声音设置"复选框。

"导出设备声音"是为发布针对移动设备开发的 Flash 应用而准备的。由于手机等移动设备的资源有限,这些设备支持和使用一些更袖珍的声音格式,如 MMF、PMD、MLD、MIDI等,而这些声音格式都是 Flash 所不支持的。为了能在针对这些移动设备而开发的 Flash应用中使用这些特殊格式的声音文件,在 Flash 文档中用一个对 Flash 而言合法的声音格式文件作为傀儡,来在运行时调用并播放那些对 Flash 不合法的声音格式文件。下面的例子说明了声音傀儡的运用:

（1）打开一个新文档，随便导入一个对 Flash 可用的声音格式文件（如，mp3、wav 等）。

（2）创建一个按钮，把该声音文件以事件触发方式放置在按钮的"按下"帧中，如图 6.3 所示。

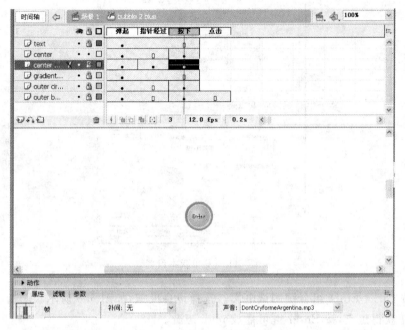

图 6.3 为按钮添加声音

之所以要把声音文件捆绑到一个按钮上，是因为要发布的 SWF 文件将要由 Flash Lite 来播放，而对于 Flash Lite，事件声音必须由某个按键来触发，其他事件是无法触发的。

（3）把该按钮拖放到场景舞台上。

（4）在库面板中右击该声音文件，在弹出的快捷菜单中选择"属性"命令，在"声音属性"对话框中单击"设备声音"右边的文件夹，在出现的对话框中选择那个真正要在设备上播放的声音文件，单击"打开"按钮。在"声音属性"对话框中单击"确定"按钮，如图 6.4 所示。

图 6.4 选择设备文件

（5）在"发布设置"的 Flash 选项卡中的"版本"下拉列表框中选择 Flash Lite 1.0，如图 6.5 所示，就会看到"导出设备声音"复选框被自动选中，单击"确定"按钮。

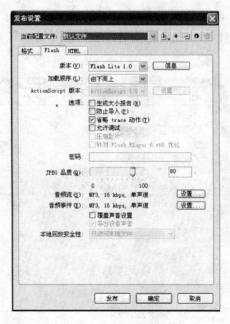

图 6.5　发布版本设置

　　(6) 按 Ctrl+Enter 组合键测试电影。选择设备模拟,如图 6.6 所示。单击手机的向上键使得按钮获得焦点,按 Enter 键可播放 midi 声音。

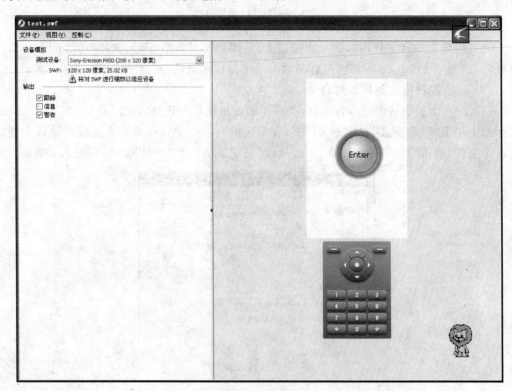

图 6.6　模拟界面

6.1.3 发布 HTML 文件

发布 HTML 文件的目的是产生一个能够把发布的 SWF 文件嵌入其中的页面。大多数时候，我们并不需要发布 HTML 文件，而只需要 SWF 文件，因为通常总是使用 Dreamweaver 等网站开发软件把 SWF 文件嵌入某个页面。

但当 Flash SWF 需要与宿主 HTML 页面中的 JavaScript 通信，或是需要与服务器端的学习管理系统通信，亦或是要产生带有图像映射的 HTML 页面时，使用 Flash HTML 发布模板将是非常方便的。

定制 HTML 文件的发布是通过"发布设置"对话框的 HTML 选项卡完成的，如图 6.7 所示。

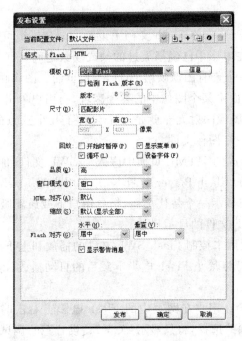

图 6.7 HTML 选项卡

"模板"下拉列表是最关键的，使用不同的模板可以发布适用不同场合的 HTML 页面。

- 仅限 Flash：最简单也是最常用的。生成的代码主要有两个目的：一是根据指定的尺寸、品质和窗口模式等，把 SWF 文件嵌入到 HTML 页面中；二是如果检测到客户端的浏览器没有安装 Flash Player ActiveX 控件或是没有安装 Flash Player 插件，就指示浏览器自动从 Macromedia 的 Web 服务器下载。

- Flash HTTPS：与"仅限 Flash"几乎完全一样，唯一不同的是，将从 Macromedia 的一个支持 SSL（Secure Socket Layer，安全套接层）的 Web 服务器下载。

注意：WWW 服务，即 HTTP 协议是没有安全性可言的，因为这一协议在网络上传输的全是明文，如果有人使用网络监听工具，就可以窃取到其他人的所有信息。而使用了 SSL 的 WWW 服务就不同了，它使用先加密再传输的机制，因此，即便有人在网络中使用网络监听工具窃取了信息，也无法知道信息的内容，这样就保证了信息的安全。

- 具有 AICC 跟踪的 Flash 和具有 SCORM 跟踪的 Flash：这两个模板都是在用 Flash 创建交互式在线教学内容时，为了使 Flash 的学习组件能够向服务器端的学习管理系统(Learning Management System，LMS)发送跟踪信息而提供的。

注意：AICC 指的是 Aviation Industry CBT Committee(航空工业 CBT 委员会)(其中 CBT 是基于计算机的训练 Computer-Based Training)；SCORM 指的是 Sharable Content Object Reference Model(可共享内存对象参考模型)。二者都是开发学习管理系统的标准。

- QuickTime：生成嵌入了 QuickTime 影片而非 Flash SWF 的 HTML 页面。并且，如果侦测到浏览器没有安装 QuickTime Player，就指示浏览器自动从 Apple 的 Web 服务器下载。使用该模板时，需要同时发布一个 QuickTime 影片。
- 用于 Pocket PC 2003 的 Flash：与"仅限 Flash"完全一样，并未对掌上计算机特殊的屏幕尺寸做考虑。
- 带有命名锚记的 Flash：使 Flash 文档中设置的命名锚记可以真正起作用，使通过单击浏览器的按钮在电影中已经播放过的帧或场景之间来回切换成为可能。
- 图像映射：生成一个带有图像映射的 HTML 页面。图像映射的概念是热点概念的引申，热点是指页面中某个图像中的某个区域，当用户单击该区域时，就会连接到某个 URL。而一个图像映射无非就是一个包含了几个热点的图像。使用该模板时，还需同时发布出一个图像文件。

如果选择的模板所生成的 HTML 页面中嵌入了 SWF 文件，那么可以选择"检测 Flash 版本"来检测用户浏览器的 Flash Player 的版本，并在用户的 Flash Player 版本低于所发布的 SWF 的版本时，向用户显示一个替代页面，指导用户下载最新版的 Flash Player。

"尺寸"用来指定 SWF 文件的显示尺寸。

"回放"中的几个选项用来控制 Flash SWF 文件的播放和上下文菜单的显示：

- 选择"开始时暂停"将禁止 Flash 电影下载后的自动播放，除非用户单击电影中的某个用于播放的按钮。
- 选择"显示菜单"会让用户在网页中的 Flash 电影上右击时显示控制播放的完整的菜单；取消对该项的选择，将只显示"关于"、"设置"和"调试器"3 个菜单项。
- 选择"循环"会让 Flash 循环播放；否则，Flash 只播放一遍。
- 选择"设备字体"，会让 SWF 文件中所有的静态文本都以设备字体来显示，但实际情况并非如此。

"品质"用于在满足播放速度和保证画面质量之间进行妥协。这是在计算机处理速度还不够快的时期遗留下的折中方案，现在意义不大，可以始终选择"高"。

"窗口模式"的主要意义在于可以创建背景透明的 Flash 电影，只要选择"透明无窗口"选项即可。所谓背景透明，即指 Flash 文档的舞台是透明的。

"HTML 对齐"用于指定 Flash 电影在 HTML 页面中出现的位置。

"缩放"用来对由"尺寸"决定的 Flash 电影的显示外观进行进一步的限定。可以始终只选择"默认(显示全部)"选项，这将在由"尺寸"决定的区域中显示完整的 Flash 电影，没有扭曲。其他选项可以不予考虑。

"Flash 对齐"用来决定 Flash 电影在由"尺寸"指定的区域中的位置。通常对"水平"和"垂直"都选"居中"。

在"发布设置"对话框中的 HTML 选项卡中进行的很多设置最终都是通过一些 HTML 标记来实现的。了解这些 HTML 标记及其属性和参数对于需要时手工编辑这些代码、最大自由地定制 Flash 电影在页面中的显示是非常必要的。

在 HTML 中用于显示 Flash 电影的是 object 标记和 embed 标记。object 是为 IE 浏览器准备的,而 embed 则是为 Netscape 浏览器准备的。

object 标记有 4 个重要的属性:classid、codebase、width 和 height。

- classid:该属性用来标识浏览器的 ActiveX 控件。不同的值代表不同的 ActiveX 控件,Flash Player ActiveX 控件的值是 classid:d27cdb6e-ae6d-11cf-96b8-444553540000。
- codebase:该属性用来标记由 classid 指定的 ActiveX 控件的位置。对于 Flash Player ActiveX 控件,它存在于 Macromedia 网站上的一个名为 swflash.cab 的包中。当前,codebase 属性的值应该是 http://fpdownload.macromedia.com/pub/shockwave/cabs/flash/swflash.cab#version=7,0,0,0。在这里,version=7,0,0,0 表示如果需要的话,应下载版本 7 的 Flash Player ActiveX 控件。
- width 和 height 是用来指定 Flash 电影在页面中的显示尺寸。

object 标记还有 4 个重要的参数:movie、menu、wmode 和 allowscriptaccess。

- movie:指定要加载的 Flash 电影的文件名。
- menu:指定是否要让用户在网页上的 Flash 电影上右击时显示一个完整的播放菜单,值为 true 或 false。
- wmode:指定 Flash 电影的背景是否要透明。值为 Transparent 时为透明,值为 Window 或 Opaque 时为不透明。
- allowscriptaccess:指定 Flash 电影是否可与宿主 HTML 页面进行通信。Flash 与 JavaScript 之间的通信就属于这种情况。值为 always 表示允许通信,值为 never 表示不允许通信,值为 sameDomain 表示只有当 Flash 电影与宿主的 HTML 来自相同的域时才允许通信。例如,如果 Flash 电影的 URL 是 http://www.yourname.com/flash/hyourflash.swf,宿主 HTML 页面的 URL 是 http://www.yourname.com/html/yourhtml.htm,则它们之间是可以通信的,因为它们都来自 www.yourname.com 这个域。

embed 标记没有参数,只有 6 个重要属性:type、pluginspage、swLiveConnect、menu、wmode 和 allowScriptAccess。

- type:该属性用来指明嵌入对象的 MIME 类型。对于 Flash 电影而言,其值应该是 application/x-shockwave-flash。
- pluginspage:该属性与 object 标记的 codebase 属性作用一样,用来标记插件的位置。对于 Flash Player 插件而言,其值应该是 http://www.macromedia.com/go/getflashplayer。
- swLiveConnect:该属性用来指示是否启用 Netscape 浏览器的 LiveConnect 功能。LiveConnect 是 Netscape 的一项利用 Java Applet 和 JavaScript 来产生更多 Web 交互的技术。swLiveConnect 的值为 true(启用)或 false(禁用)。如果启用 swLiveConnect,则浏览器在加载 Flash Player 的同时会启动 Java,这可能会造成一些延迟。

6.1.4 发布 GIF 文件

可以把 Flash 文档中的帧发布成一个 GIF 图像文件或一个 GIF 动画文件。要发布出 GIF 图像文件,需要在 Flash 文档中为希望发布成 GIF 图像文件的那个帧赋予一个帧标签 ♯Static;如果没有为那个帧指定该帧标签,则 Flash 会把第一帧发布成 GIF 图像文件。要发布出 GIF 动画文件,需要在 Flash 文档中为希望作为 GIF 动画的第一帧的那个帧赋予帧标签 ♯First,并为希望作为 GIF 动画最后一帧的那个帧赋予帧标签 ♯Last;如果没有明确地指出这两个帧标签,则 Flash 会把所有的帧发布成一个 GIF 动画文件。对于作为发布 GIF 文件的帧标签而言,其标签类型可以是"名称"或是"锚记",但不能是"注释"。

在指定了帧标签之后,就可以在"发布设置"对话框的 GIF 选项卡中进行 GIF 文件的发布设置,如图 6.8 所示。

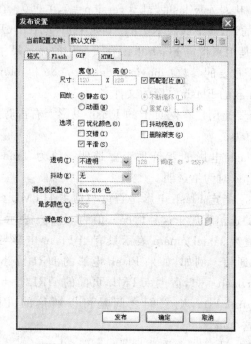

图 6.8 GIF 选项卡

"尺寸"用来指定图像的大小。默认为"匹配影片",取消选中该选项,可以指定"宽"和"高"。

"回放"选项用来指定想要发布出 GIF 图像文件(选择"静态")还是 GIF 动画文件(选择"动画")。如果选中了"动画"单选按钮,则可以进一步指定动画是"不断循环"或是"重复"某个次数。

"选项"中的几个选项用来决定如何处理颜色和图像的显示方式:

- 选中"优化颜色"复选框将从 GIF 文件的颜色表中删除所有未使用的颜色,从而能减小体积。
- 选中"抖动纯色"复选框将使用一种被称为"抖动"的技术,用颜色表中可用的几种颜色来模拟颜色表中不可用的某种颜色。选中该复选框,可以进一步在"抖动"下拉列表框中指定抖动的方式。使用"抖动"会增加一些体积。

注意:图像抖动是一种在计算机绘图中使用的技术,用来在单色显示器或打印机上产生不同灰度的视觉效果，或在彩色显示器或打印机上产生额外的彩色视觉效果。这种技术的成败取决于如何合理地对图像区进行分组，并合理地在每一个由多个像素组成的分组中分配黑白像素比例或几种彩色像素比例。由于这些分组很小，因此人眼会将其视为一种由分组中几种颜色共同混合成的某种单一颜色。这就解决了如何在 8 位显示设备上显示 24 位或 32 位颜色的问题。

- 选中"交错"复选框将使图像在下载时，首先呈现出一个低分辨率的图像，然后随着下载的进行再逐渐过渡到最终的高分辨率图像。
- 选中"删除渐变"复选框将把要发布成 GIF 文件的帧中的渐变颜色都变成渐变色中的第一种颜色。这样会减小体积，但多半会使图像变得难看。
- 选中"平滑"复选框会对导出的位图应用抗锯齿处理，从而产生质量更高的位图。

"透明"用来决定 GIF 图像或动画的背景是否是透明的。如果选择 Alpha，则可以进一步在"阈值"文本框中指定一个值。只有要发布成 GIF 文件的帧中那些应用了 Alpha 透明度的图形或实例的 Alpha 值，超过"阈值"中指定的值，那些图形或实例才会被作为不透明的部分导出，其他的图形或实例都将被视为透明的。由于文档中的 Alpha 值是以百分比表示的，而这里的 Alpha 阈值是 0～255，因此，当指定阈值 128 时，就会把那些 Alpha 值超过 50% 的图形和实例过滤出来（即出现在 GIF 文件中）。

"抖动"用来指定抖动的方式。

- "无"表示不使用抖动，而是用颜色表中最接近目标颜色的那种颜色来代替。
- "有序"和"扩散"都是用抖动。但"扩散"产生的颜色更接近，体积也更大，并且只有当在"调色板类型"下拉列表框中选择"Web126 色"时，"扩散"抖动才会起作用。

"调色板类型"用来决定让 GIF 使用哪种颜色表。实际上，因为 GIF 最多只能显示 256 种颜色，因此，可以始终选择"自适应"或"Web126 色"。当颜色相对较多时，前者产生的效果更逼真一些。

如果觉得 256 种颜色太多了，则可以在"最多颜色"文本框中指定可使用的颜色数。

如果在"调色板类型"中选择了"自定义"选项，则可以单击"调色板"文本框右边的文件夹图标，在出现的对话框中选择一个颜色表文件（.act）作为要使用的颜色表。

在 GIF 选项卡中设置好后，单击"确定"按钮即可。

6.1.5　把 Flash 电影发布成可执行文件

可以把 Flash 电影发布成可执行文件，从而在那些没有 Flash Player 的计算机上播放。要把 Flash 发布成可执行文件，只需在"发布设置"对话框的"格式"选项卡中选中"Windows 放映文件"复选框，然后进行发布即可。

由于要摆脱对目标计算机中必须安装有 Flash Player 的要求，发布出的可执行文件中自带了一个 Flash Player，这使得哪怕最简单的 Flash 动画也会有近 1MB 的容量。

6.2　导 出 影 片

使用 Flash 8 中的"导出影片"命令，可以创建在其他应用程序中能够编辑的内容。用户可以导出整个影片为 Flash 影片、一系列位图图像、单一的帧或图像文件以及不同格式的活动和静止图像,如 GIF、JPEG、PNG、BMP、PICT、QuickTime 或 AVI 等格式。

要将 Flash 内容用于其他应用程序或以特定文件格式导出当前 Flash 影片的内容,可以使用"导出影片"和"导出图像"命令。使用"导出影片"命令,可以将 Flash 影片的帧创建为连续带有编号的位图图像文件,也可以将 Flash 影片中的声音导出为 WAV 格式文件。使用"导出图像"命令,可以将当前帧内容或当前所选图像,导出为位图图像文件或为单帧 Flash Player 影片。

如果要从影片中导出图像,可以在当前影片中选择要导出的帧或图像,然后选择"文件"|"导出"|"导出影片"命令或"文件"|"导出"|"导出图像"命令,打开相应的"导出影片"或"导出图像"对话框。在这两个对话框中,用户可以在"文件名"文本框中输入文件名称,在"保存类型"下拉列表框中选择文件保存格式,然后单击"保存"按钮,即可按照指定的文件格式导出文件。

在导出图像时,应注意:

- 将 Flash 图像导出为矢量图形文件格式时,可以保留其矢量信息,并且能够在其他基于矢量的绘画程序中编辑这些文件。不过,不能将这些图像导入文字处理程序中。
- 将 Flash 图像保存为位图文件格式(如 GIF、JPEG)时,图像会丢失其矢量信息,仅以像素信息保存。用户可以在图像处理程序,如 Photoshop 中编辑导出为位图的 Flash 图像,但不能在基于矢量的绘图程序中再次编辑它们。

第7章　综合实例

7.1　太　阳　系

本实例主要运用引导层来实现太阳系中的月球绕地球转、地球绕太阳转的动画效果。具体步骤如下：

（1）新建一个 Flash 文档，按 Ctrl＋Shift＋S 组合键保存，命名为"太阳系"，大小为 600×200，背景颜色设置为黑色。

（2）制作地球。

① 选择"文件"|"导入"|"导入到库"命令，出现导入到库的对话框，选中"地图"图片，将地球. bmp 文件导入到库中。

② 按 Ctrl＋F8 组合键，或选择"插入"|"新建元件"命令，创建一个名为"球体"的图形元件，"类型"选中"图形"。

③ 在"球体"图形元件的场景中，禁用笔触，单击工具箱中的"椭圆按钮"，按住 Shift 键，画一个蓝色的正圆。在"属性"面板中设置宽为 120、高为 120、x：－60、y：－60，使其放置在中心位置，如图 7.1 所示。

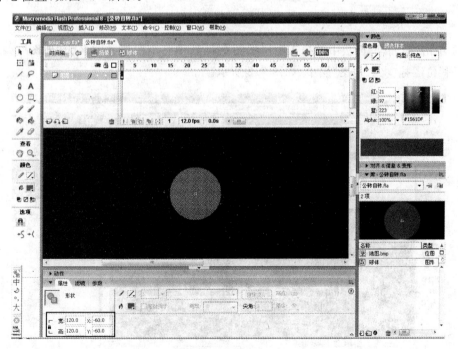

图 7.1　绘制正圆

④ 返回主场景,按 Ctrl+F8 组合键,或选择"插入"|"新建元件"命令,创建一个名为"地球"的影片剪辑元件,"类型"选中"影片剪辑"。

⑤ 在"地球"元件的场景里双击"图层 1"层的名字,并将之改名为"地球"层。按 Ctrl+L组合键打开库,把图形元件"球体"拖曳到"地球"层中,接着在第 35 帧按 F5 键插入帧。单击"地球"图形元件,在"属性"面板的"颜色"下拉列表框中选择 Alpha 为 70%,如图 7.2 所示。

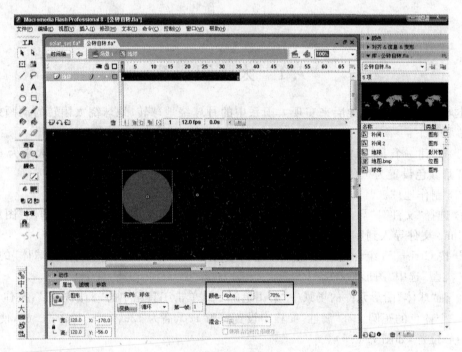

图 7.2 设置 Alpha

⑥ 单击"时间轴"面板中的插入图层按钮 ，新增一个图层并改名为"地图"。把库中的"地图"位图拖曳到"地图"层中,如图 7.3 所示。

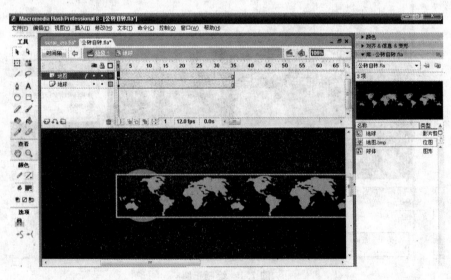

图 7.3 地图层

⑦ 在该层的第 35 帧按 F6 键插入关键帧,选中"地图"层第 35 帧场景中的"地图"元件,把它水平向左移动一段距离,使地图能够从右向左运动。右击选该层的第 1 帧,并在弹出的快捷菜单中选择"创建补间动画"命令创建补间动画,如图 7.4 所示。

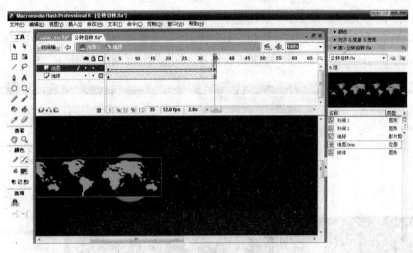

图 7.4　创建补间动画

⑧ 新建一个"球体遮罩"层,然后单击选中"地球"层中的"球体"元件,按 Ctrl+C 组合键复制,紧接着单击选中"球体遮罩"层的第 1 帧,按 Ctrl+Shift+V 组合键把"球体"元件原位粘贴到该层中。

⑨ 右击"球体遮罩"层,在弹出的快捷菜单中选择"遮罩层"命令。此时地图就只能以"球体"元件中的蓝色的球体为显示区域了。这时候发现"地图"层图片把"地球"层的"球体"元件遮住了,这时只要把"时间轴"上的"地球"层上移到顶层即可。这样"地球"影片剪辑就制作好了,如图 7.5 所示。

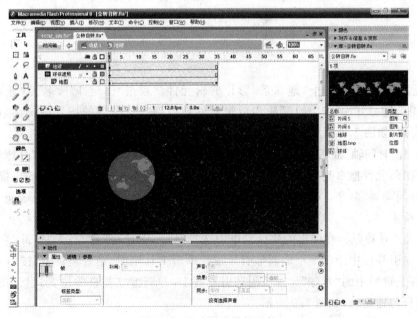

图 7.5　地球影片剪辑元件

（3）制作地球系。

① 返回主场景后，按 Ctrl＋F8 组合键，或选择"插入"|"新建元件"命令，创建一个名为"月球"的图形元件，"类型"选中"图形"，单击"确定"按钮。

在"月球"图形元件的场景中，禁用笔触，填充颜色类型设置为放射性。

单击工具箱中的"椭圆按钮"，按住 Shift 键，画一个蓝色的正圆。在"属性"面板中设置宽为 60、高为 60、x：－30、y：－30，使其放置在中心位置，如图 7.6 所示。

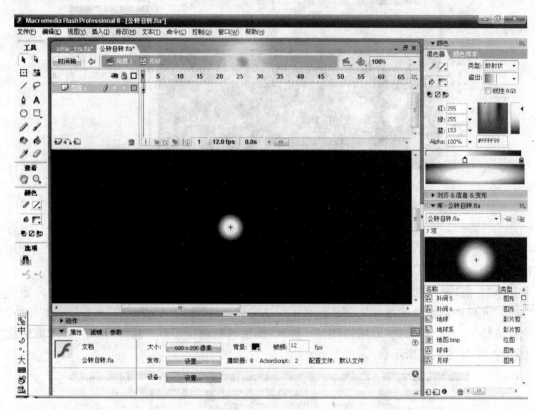

图 7.6　月球元件

② 返回场景，创建一个"地球系"影片剪辑元件。双击"图层 1"改名为"地球"层。按 Ctrl＋L 组合键打开库，把"地球"影片剪辑元件拖曳到"地球"层的场景中。在第 120 帧按 F5 键插入帧，如图 7.7 所示。

③ 单击"时间轴"面板中的插入图层按钮 🖿，新增一个图层并改名为"月球"。把库中的"月球"图形元件拖曳到"月球"层中。右击"月球"层的第 1 帧，并在弹出的快捷菜单中选择"创建补间动画"命令。接着单击选中该层的第 30、60、90、120 帧并按 F6 键插入关键帧，如图 7.8 所示。

④ 右击"月球"层，在弹出的快捷菜单中选择"添加引导层"命令，为"月球"层添加一个引导层。在引导层中绘制一个椭圆形引导线。单击工具箱中"贴紧至对象"按钮 🧲，把"月球"层中各关键帧中的"月球"元件吸附到引导线上，并调整好各自的位置，尽量使它们在引导线上进行匀速运动，如图 7.9 所示。

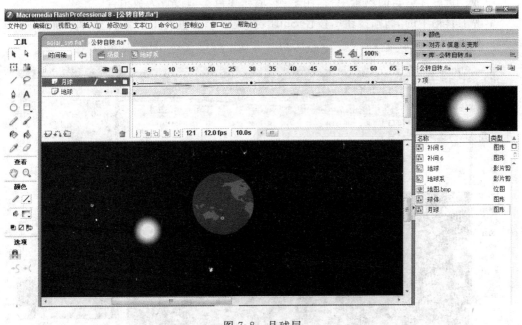

图 7.7　地球层

图 7.8　月球层

⑤ 月球转到地球的后面时，为了达到月球被遮住的效果，可以在第 30 帧单击"月球"元件，在"属性"面板的"颜色"下拉列表框中设置它的 Alpha 值为 20％，在第 60 帧设置"月球"元件的 Alpha 为 60％。这样地球系就制作好了。

（4）制作太阳系。

① 返回主场景后，按 Ctrl＋F8 组合键，或选择"插入"|"新建元件"命令，创建一个名为"太阳"的影片剪辑元件，"类型"选中"影片剪辑"，单击"确定"按钮。

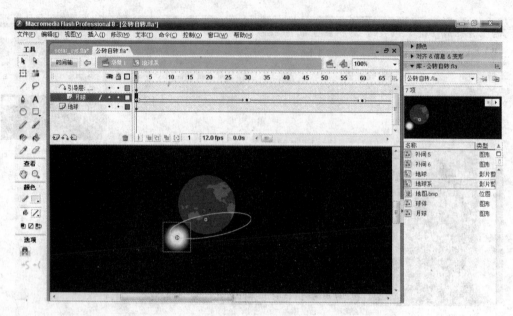

图 7.9　添加引导层

　　在"太阳"影片剪辑的场景中,禁用笔触,填充颜色类型设置为放射性。

　　单击工具箱中的"椭圆按钮",按住 Shift 键,画一个蓝色的正圆。在"属性"面板中设置宽为 140、高为 140、x: -70、y: -70,使其放置在中心位置,如图 7.10 所示。

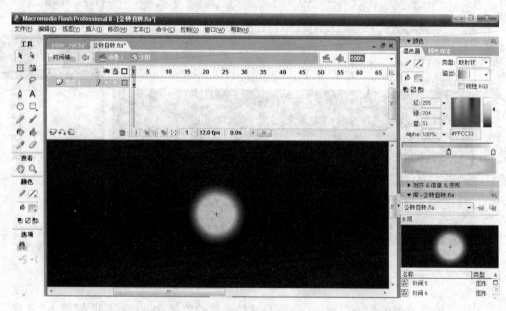

图 7.10　太阳元件

　　② 在第 60 帧按 F6 键插入关键帧,单击"图层 1"第 1 帧,并在"属性"面板的"补间"下拉列表框中选择"形状"选项;接着单击选中该层的第 30 帧,按 F6 键插入关键帧,并用任意变形工具等比例缩小太阳,第 30 帧中的太阳宽为 130、高为 130、x: -60、y: -60,使其有太阳闪烁的效果,如图 7.11 所示。

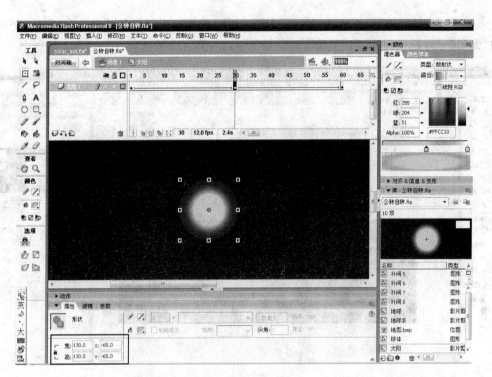

图 7.11　添加形变动画

③ 返回主场景,将"图层 1"改名为"地球系",按 Ctrl+L 组合键打开库,把"地球系"元件拖曳到"地球系"层的场景中,适当用"任意变形工具"调整"地球系"的大小。在第 120 帧按 F6 键插入关键帧。

右击"地球系"层的第 1 帧,并在弹出的快捷菜单中选择"创建补间动画"命令创建补间动画;接着单击选中该层的第 30、60、90 帧,并按 F6 键插入关键帧,如图 7.12 所示。

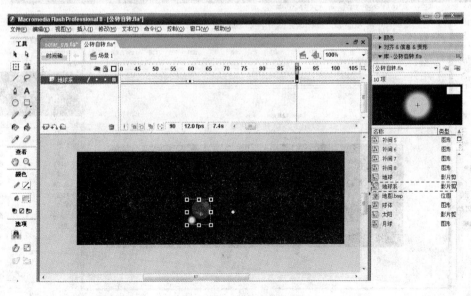

图 7.12　地球系图层

④ 单击"时间轴"面板中的插入图层按钮 ，新增一个图层并改名为"太阳"。把库中的"太阳"元件拖曳到"太阳"层第 1 帧的场景中，如图 7.13 所示。

图 7.13　太阳图层

⑤ 右击"地球系"层，在弹出的快捷菜单中选择"添加引导层"命令，为"地球系"层添加引导层，在引导层里绘制一个椭圆形引导线。把"地球系"层中各关键帧里的"地球系"元件吸附到引导线上，并调整好各自的位置，尽量使它们在引导线上进行匀速运动，如图 7.14 所示。

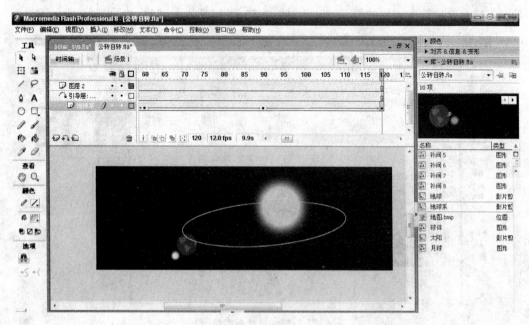

图 7.14　引导地球系运动

7.2 网站片头

本实例综合运用各种基本技术和工具,制作一个网站动态 logo。具体步骤如下:

(1) 新建一个 Flash 文档,按 Ctrl+Shift+S 组合键保存,命名为 Dlogo。

(2) 选择"文件"|"导入"|"导入到场景"命令,将要用到的背景图片导入到场景中。

(3) 制作标题。

① 回到场景,先新建一个影片剪辑,命名为"学校名称";然后新建一个图形元件,命名为"首"。在图形元件中用文字工具书如一个"首"字,如图 7.15 所示。

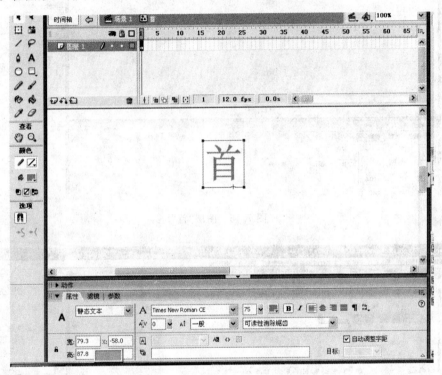

图 7.15 文字元件

② 然后在"首"这个元件上右击,在弹出的快捷菜单中选择"直接复制"命令,类型仍是图形,将复制后的元件命名为"都",再用文字工具将元件"都"里的文字改成都字。然后仿照此步骤,依次制作图形元件"师"、"范"、"大"、"学"。

③ 转至"学校名称"影片剪辑,将当前层命名为"首",将元件"首"拖入到此层中。在"属性"面板中,将字设为 40×40 大小,将其 X 值设为 −600,Y 值设为 10,如图 7.16 所示。

④ 在第 8 帧按 F6 键插入关键帧。用任意变形工具将其放大,再在"属性"面板中,将其大小设成 80×80,在"颜色"下拉列表框中选择 Alpha,将其值设为 7%,如图 7.17 所示。

⑤ 在第 15 帧处插入空白关键帧,将元件"首"拖到此层中。在"属性"面板中,将大小设为 40×40,将其 X 值设为 −600,Y 值设为 10。再从第 1 帧到第 15 帧加上补间动画。

⑥ 新建一个层,命名为"都"。在第 11 帧处插入空白关键帧,将元件"都"拖到此层中。在"属性"面板中将字设为 40×40,将其 X 值设为 −550,Y 值设为 10,如图 7.18 所示。

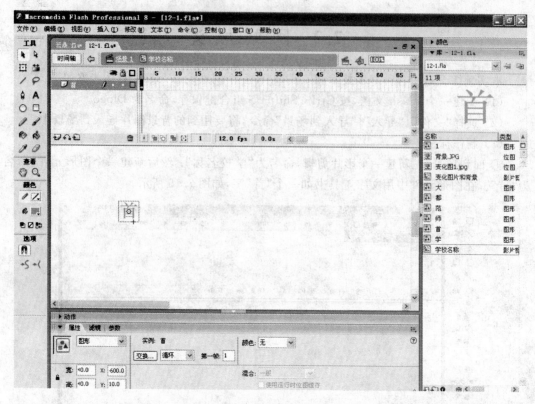

图 7.16　图层"首"

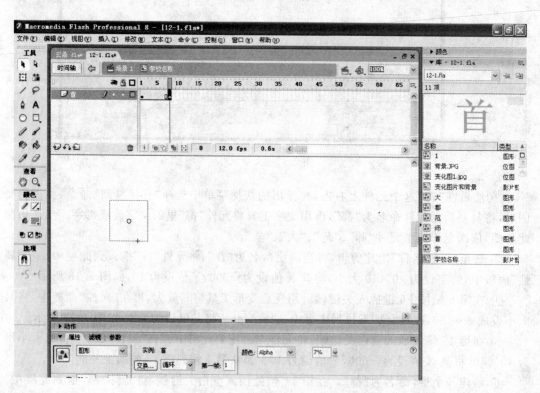

图 7.17　设置 Alpha 值

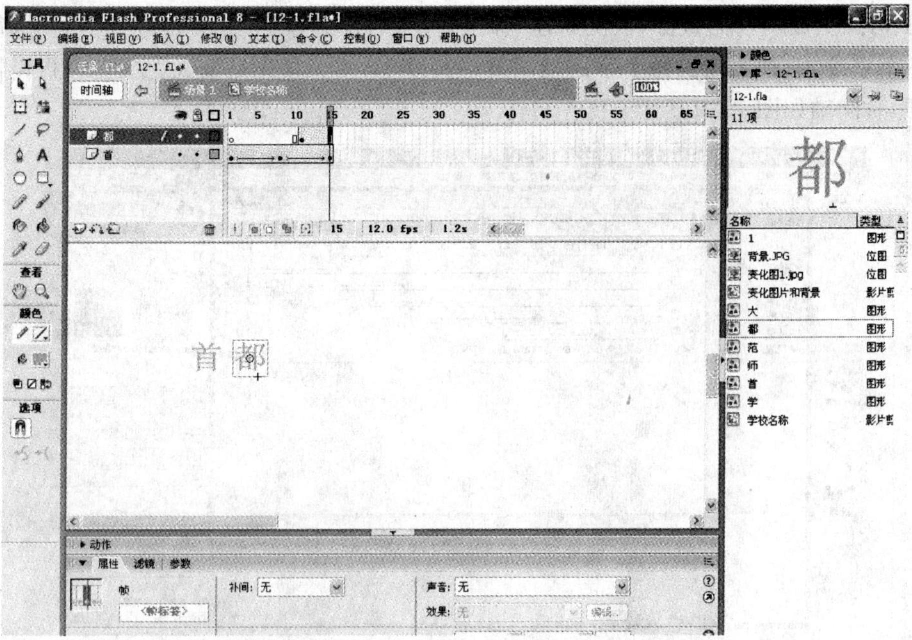

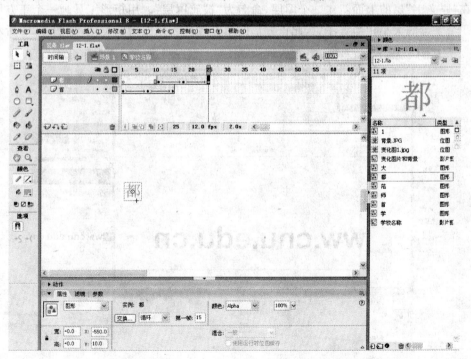

图 7.18　图层"都"

⑦ 在第 18 帧插入关键帧,用任意变形工具将其放大,再在"属性"面板中,将其大小设成 80×80,单击"颜色"下拉列表框,将 Alpha 值设为 7％。

⑧ 在第 25 帧处插入空白关键帧,将元件"都"拖到此层中。在"属性"面板中将字设为 40×40,将其 X 值设为−550,Y 值设为 10。再从第 11 帧到第 25 帧加上补间动画,如图 7.19 所示。

图 7.19　添加补间动画

⑨ 仿照上面两层的做法，依次新建"师"、"范"、"大"、"学"4 个层。每个字一层，每个字比前一个字晚 10 帧出场。每个字的动画效果持续 15 帧。字先是变大、变透明，再慢慢地恢复原样，时间轴如图 7.20 所示。

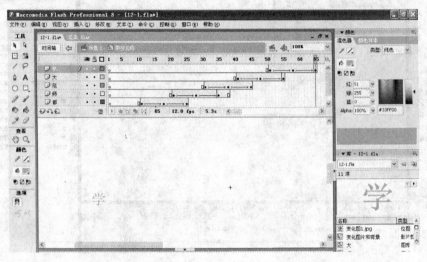

图 7.20 时间轴

(4) 网址的制作。

① 制作原文字层。

新建层，命名为"原文字"。用文字工具输入一行字 www.cnu.edu.cn。

② 制作被遮罩层。

在"原文字"层的上面新建一个图层，命名为"被遮罩层"。用矩形工具画一个正方形，大小与一个字母的大小相当。注意，此正方形的填充颜色要用放射状类型，如图 7.21 所示。

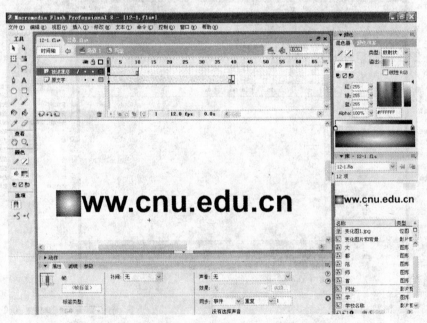

图 7.21 被遮罩层

在第 10 帧插入关键帧,将此矩形拖到那行字母的末尾。在第 20 帧插入关键帧,将此矩形拖动到那行字母的中间位置,在第 40 帧插入关键帧,将矩形置于首字母的位置,并添加动画渐变,如图 7.22 所示。

图 7.22　添加动画渐变

③ 制作遮罩层。

在"被遮罩层"上面插入一层"遮罩层",复制"原文字"层中的那行字母,再粘贴到此层,调整其位置,使字母与"原文字"层里的字母完全重合。最后将此层设为遮罩层,如图 7.23 所示。

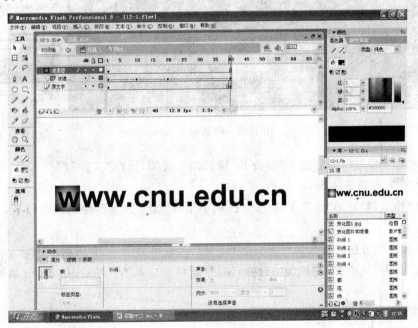

图 7.23　遮罩层

（5）最后只需将制作好的"学校名称"和"网址"这两个元件拖入到主场景中即可。

7.3 架 子 鼓

本实例主要运用按钮元件、混色器以及铅笔等绘图工具创作一个简单的架子鼓。具体步骤如下：

（1）打开 Flash 软件，选择"文件"｜"新建"｜"Flash 文档"命令，创建一个新的 Flash 场景大小设置为 490×315，背景颜色为♯000066。

（2）制作架子鼓的各部分零件。

• 制作 snare drum。

① 选择"插入"｜"新建元件"命令，"类型"选择"按钮元件"，并将元件命名为 snare drum。

② 在"弹起"帧按 F6 键添加关键帧，使用"矩形工具" □ 及"椭圆工具" ○ 绘制一个圆柱，并使用"混色器"对其进行填充，其中侧面使用"放射状填充"，由白色（♯FFFFFF）到黑色（♯000000），如图 7.24 所示。

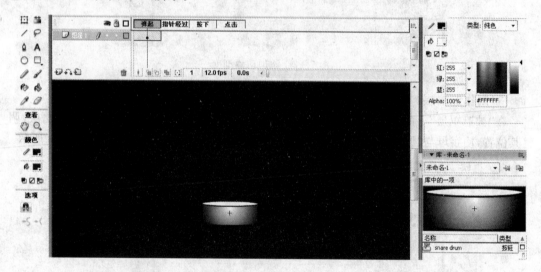

图 7.24　绘制 snare drum

③ 在"指针经过"帧和"按下"帧按 F6 键添加关键帧，选择"文件"｜"导入"｜"导入到库"命令，导入一个音频文件 Snare. wav。

④ 在"按下"帧使用"铅笔工具" ✎ 或"刷子工具" ✐，为"鼓"绘制敲击效果，如图 7.25 所示。

⑤ 以同样的方法将音频文件 Snare. wav 拖入，效果如图 7.26 所示。

⑥ 在"点击"帧按 F6 键添加关键帧，使用"颜料桶工具" ◈ 将 snare drum 填充为黑色，如图 7.27 所示。

• 制作 low tom。

① 创建一个新的按钮类型元件，命名为 low tom。

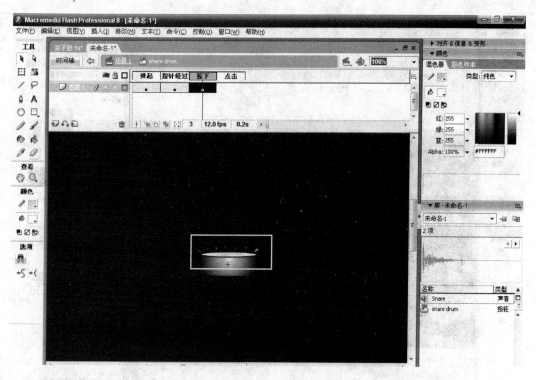

图 7.25　敲击效果

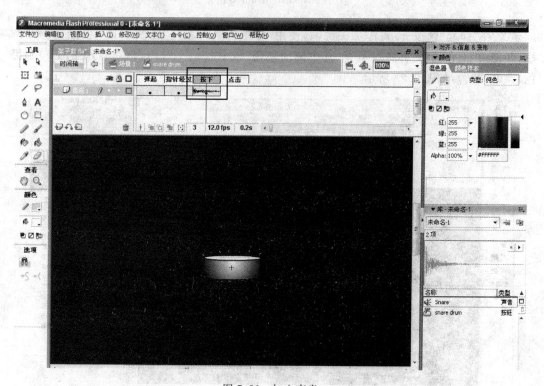

图 7.26　加入声音

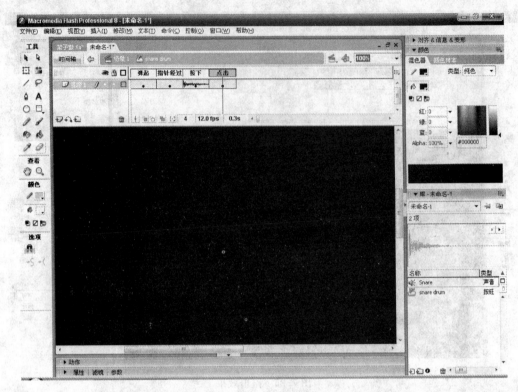

图 7.27　snare drum 点击帧

　　② 在"弹起"帧按 F6 键添加关键帧，使用"矩形工具"□及"椭圆工具"○绘制一个圆柱，并使用"混色器"对其进行填充，其中侧面使用"放射状填充"，由白色（♯FFFFFF）到黑色（♯000000），如图 7.28 所示。

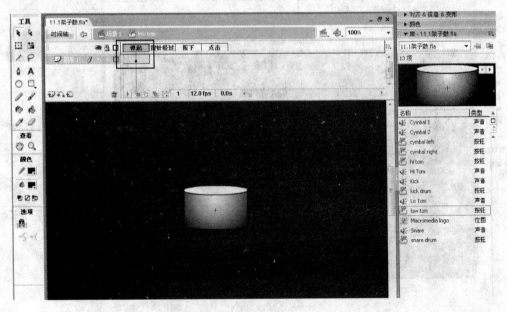

图 7.28　绘制 low tom

③ 在"指针经过"帧和"按下"帧按 F6 键添加关键帧,选择"文件"|"导入"|"导入到库"命令,导入一个音频文件 Lo Tom. wav。在"按下"帧使用"铅笔工具" 或"刷子工具" ,为"鼓"绘制敲击效果,如图 7.29 所示,并将音频文件 Lo Tom. wav 拖入。

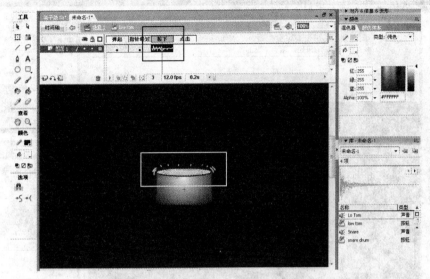

图 7.29　low tom 按下"帧"

④ 在"点击"帧按 F6 键添加关键帧,使用"颜料桶工具" 将 low tom 填充为黑色。

• 制作 kick drum。

① 创建一个新的按钮类型元件,命名为 kick drum。

② 在"弹起"帧按 F6 键添加关键帧,使用"矩形工具" 及"椭圆工具" 绘制一个圆柱,并使用"混色器"对其进行填充,其中侧面使用"放射状填充",由白色(#FFFFFF)到黑色(#000000),如图 7.30 所示。

图 7.30　绘制 kick drum

③ 导入一张图片 Macromedia logo，并将其拖动到刚才绘制的圆柱正面，如图 7.31 所示。

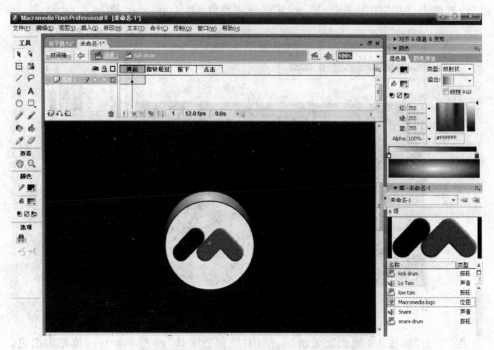

图 7.31　添加图片

④ 在"指针经过"帧和"按下"帧按 F6 键添加关键帧，选择"文件"|"导入"|"导入到库"命令，导入一个音频文件 Kick. wav。在"按下"帧使用"铅笔工具" 或"刷子工具" ，为"鼓"绘制敲击效果，如图 7.32 所示，并将音频文件 Kick. wav 拖入。

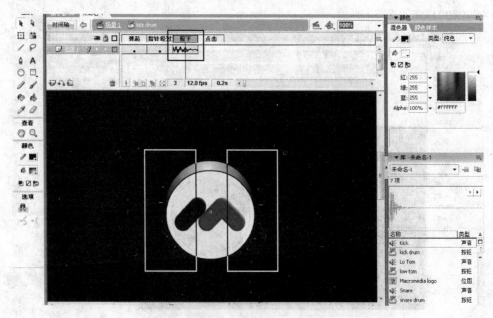

图 7.32　为 kick drum 绘制敲击效果

⑤ 在"点击"帧按 F6 键添加关键帧,使用"颜料桶工具" ![icon] 将 kick drum 填充为黑色。

· 制作 hi tom。

① 创建一个新的按钮类型元件,命名为 hi tom。

② 在"弹起"帧按 F6 键添加关键帧,使用"矩形工具" ![icon] 及"椭圆工具" ![icon] 绘制一个圆柱,并使用"混色器"对其进行填充,其中侧面使用"放射状填充",由白色(♯FFFFFF)到黑色(♯000000),如图 7.33 所示。

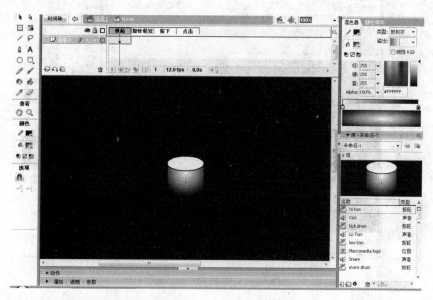

图 7.33 绘制 hi tom

③ 在"指针经过"帧和"按下"帧按 F6 键添加关键帧,选择"文件"|"导入"|"导入到库"命令,导入一个音频文件 Hi Tom. wav。在"按下"帧使用"铅笔工具" ![icon] 或"刷子工具" ![icon],为"鼓"绘制敲击效果,如图 7.34 所示,并将音频文件 Hi Tom. wav 拖入。

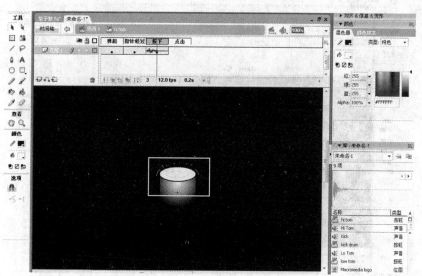

图 7.34 为 hi tom 绘制敲击效果

④ 在"点击"帧按 F6 键添加关键帧,使用"颜料桶工具" 将 hi tom 填充为黑色。

- 制作 cymbal right。

① 创建一个新的按钮类型元件,命名为 cymbal right。

② 在"弹起"帧按 F6 键添加关键帧,使用"椭圆工具" 绘制一个椭圆,并使用"混色器"对其进行填充,其中侧面使用"放射状填充",由黄色(♯FFFFCC)到黑色(♯000000),如图 7.35 所示。

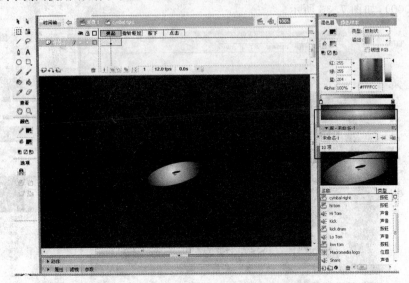

图 7.35　绘制 cymbal right

③ 在"指针经过"帧和"按下"帧按 F6 键添加关键帧,选择"文件"|"导入"|"导入到库"命令,导入一个音频文件 Cymbal 1. wav。在"按下"帧使用"铅笔工具" 或"刷子工具" ,为"椭圆"绘制敲击效果,如图 7.36 所示,并将音频文件 Cymbal 1. wav 拖入。

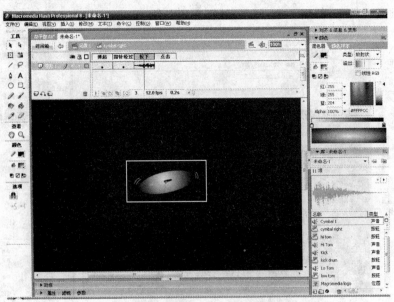

图 7.36　为 cymbal right 添加敲击效果

④ 在"点击"帧按 F6 键添加关键帧，将 cymbal right 恢复为初始状态，如图 7.37 所示。

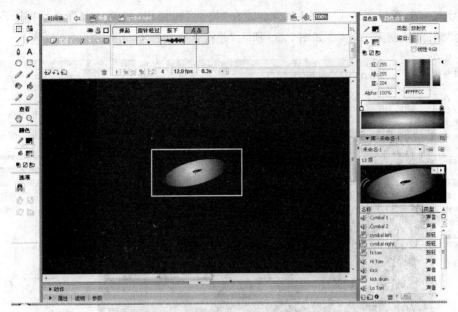

图 7.37　cymbal right 点击帧

- 制作 cymbal left。

① 创建一个新的按钮类型元件，命名为 cymbal left。

② 在"弹起"帧按 F6 键添加关键帧，使用"椭圆工具" ○ 绘制一个椭圆，并使用"混色器"对其进行填充，其中侧面使用"放射状填充"，由黄色(♯FFFFCC)到黑色(♯000000)，如图 7.38 所示。

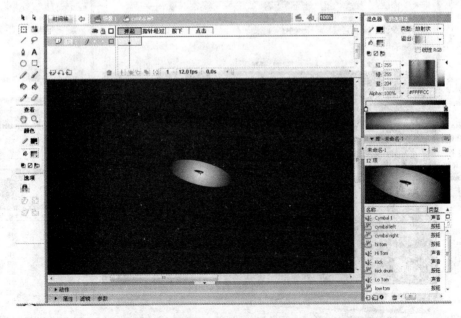

图 7.38　绘制 cymbal left

③ 在"指针经过"帧和"按下"帧按 F6 键添加关键帧,选择"文件"|"导入"|"导入到库"命令,导入一个音频文件 Cymbal 2. wav。在"按下"帧使用"铅笔工具" ✏ 或"刷子工具" 🖌,为"椭圆"绘制敲击效果,如图 7.39 所示,并将音频文件 Cymbal 2. wav 拖入。

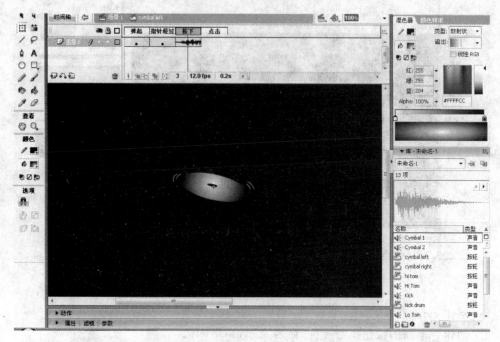

图 7.39　为 cymbal left 添加敲击效果

④ 在"点击"帧按 F6 键添加关键帧,将 cymbal left 恢复为初始状态,如图 7.40 所示。

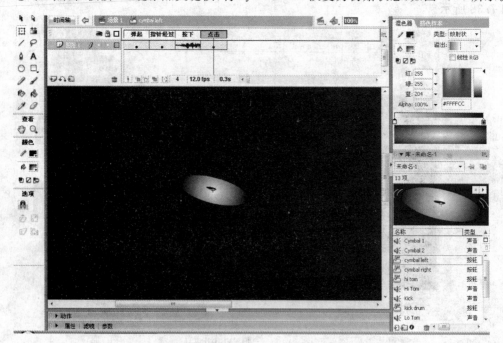

图 7.40　cymbal left 点击帧

（3）返回主场景，将制作好的每一个按钮元件分别放置在每一个新建图层中，如图 7.41
所示。

图 7.41　最终效果

7.4　镜面效果

本实例综合使用了"任意变形工具"、"动画渐变"及"影片剪辑"元件，构造出小狗从镜面
上跑过的效果。具体步骤如下：

（1）打开 Flash 软件，选择"文件"|"新建"|"Flash 文档"命令，创建一个新的 Flash 场景
大小设置为 350×300，背景颜色为 #FF6CA0。

（2）制作奔跑的"小狗"。

① 选择"插入"|"新建元件"命令，创建一个新的影片剪辑元件，命名为"小狗"。

② 在影片剪辑"小狗"的第 1 帧中，使用"铅笔工具" ✐ 、"刷子工具" ✐ 和"颜料桶工
具" ✎ ，绘制一条伸开腿奔跑的小狗及小狗脚下的影子，如图 7.42 所示。

③ 在影片剪辑"小狗"的第 2 帧中按 F6 键添加关键帧，在原位置上使用"铅笔工具"
✐ 、"刷子工具" ✐ 和"颜料桶工具" ✎ ，将小狗修改为蜷曲腿的奔跑状态，如图 7.43 所示。

图 7.42　小狗

图 7.43　跑动作

注意：绘画基础不好的同学可直接使用制作好的"小狗"影片剪辑。

（3）设置场景中奔跑的"小狗"。

① 将影片剪辑元件"小狗"拖入场景中，置于场景左外侧、中轴线偏下的位置，如图 7.44 所示。

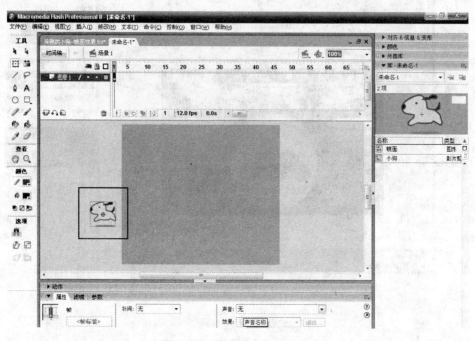

图 7.44　"小狗"影片剪辑放入场景

② 选中场景中的"小狗"，选择"修改"|"变形"|"水平翻转"命令，使小狗的奔跑方向转变为水平向右，如图 7.45 所示。

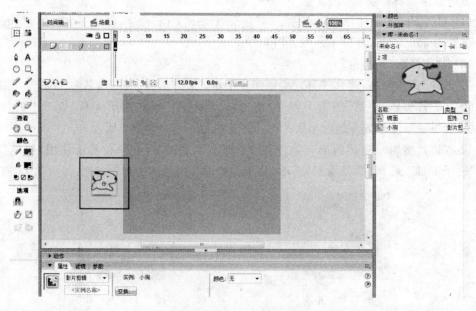

图 7.45　改变小狗方向

③ 仍然选中"小狗"影片剪辑,选择"修改"|"变形"|"垂直翻转"命令,使之转变成影子的效果,如图 7.46 所示。

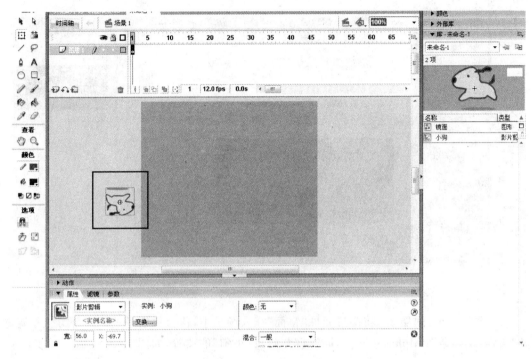

图 7.46　小狗倒影

④ 添加一个"图层 2",再将一个影片剪辑元件"小狗"拖入场景,位于场景中轴线上方,使之与前一只"小狗"相对位置对称,同样水平翻转"小狗"影片剪辑,如图 7.47 所示。

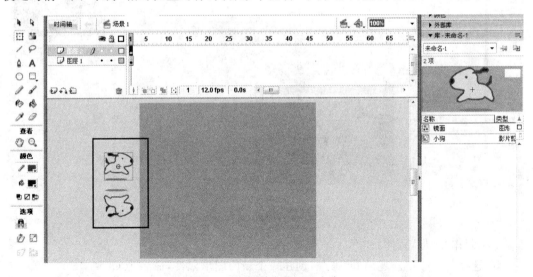

图 7.47　场景中的两只小狗

（4）在场景中制作小狗奔跑经过的"镜面"。

① 选择"插入"|"新建元件"命令,创建一个新的图形元件,命名为"镜面"。

② 在"镜面"中使用"矩形工具"绘制一个矩形。大小为 350×165，颜色为♯000099。无边框，如图 7.48 所示。

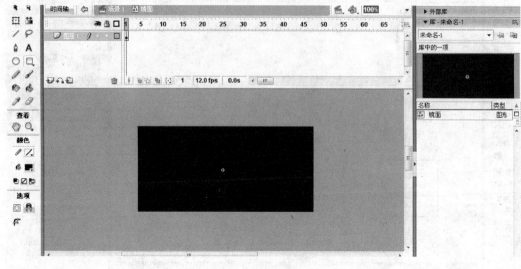

图 7.48　镜面

③ 添加一个"图层 3"，将图形元件"镜面"拖入场景中，覆盖住场景的下半部分；并调整其"属性"|"颜色"|Alpha 为 50%，同时调整两只"小狗"的位置，如图 7.49 所示。

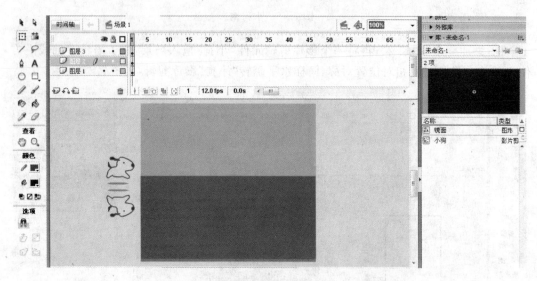

图 7.49　场景中的镜面

（5）制作"字母"元件。

① 选择"插入"|"新建元件"命令，创建一个新的图形元件，命名为 C。

② 使用"文本工具"在 C 元件第一帧编辑区的中间书写文本 C，"字体"为黑体，"字体大小"为 72，"文本填充颜色"为♯FFCC00，如图 7.50 所示。

③ 仿照上述操作，分别创建图形元件 O、M、E、D、Y。分别写入文本 O、M、E、D、Y。

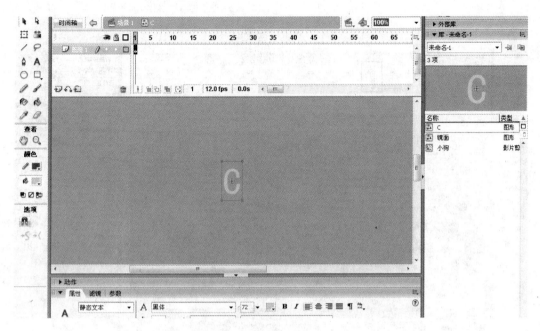

图 7.50 输入字母 C

（6）制造出字母元件 C 的跳动效果。

① 选择"插入"|"新建元件"命令，创建一个新的影片剪辑元件，命名为 CMove。

② 在影片剪辑 CMove 的第 1 帧位置上将图形元件 C 拖入，如图 7.51 所示。

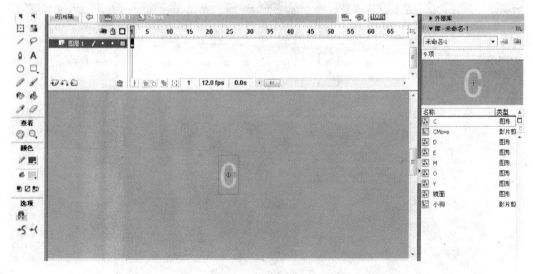

图 7.51 编辑 CMove 第 1 帧

③ 在 CMove 第 10 帧的位置上添加关键帧，将 C 向上平移，如图 7.52 所示。

④ 在 CMove 第 20 帧的位置上添加关键帧，将 C 向下平移回到原来的位置，如图 7.53 所示。一定要注意：上下平移时竖直位置不能改变，否则会出现抖动。

⑤ 在 CMove 第 30 帧的位置上添加延长帧，并在第 1 帧到第 20 帧之间创建补间动画，如图 7.54 所示。

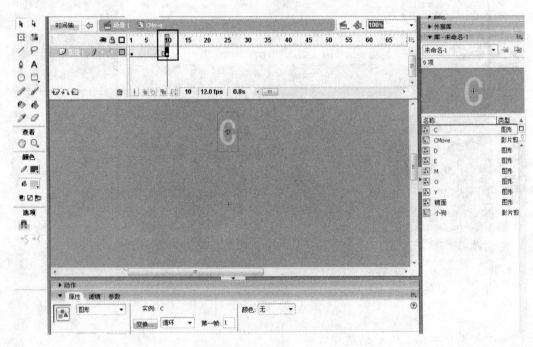

图 7.52　编辑 CMove 第 10 帧

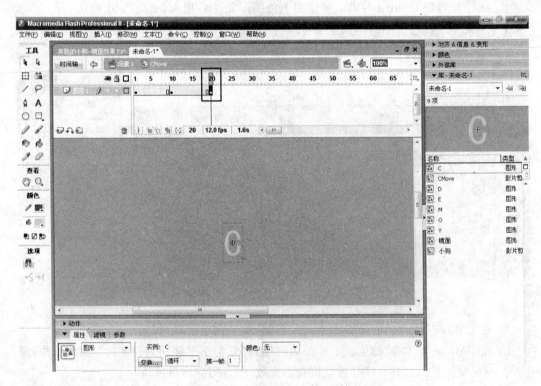

图 7.53　编辑 CMove 第 20 帧

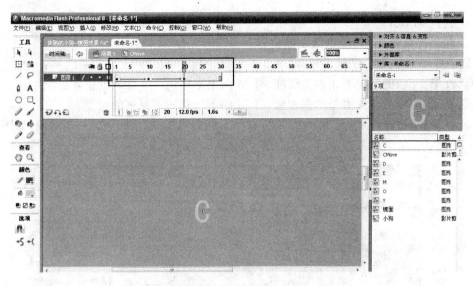

图 7.54　创建补间动画

（7）仿照上述操作，创建影片剪辑元件 OMove、MMove、EMove、DMove、YMove。

• 创建 OMove。

① 在影片剪辑 OMove 的第 1 帧位置上将图形元件 O 拖入。

② 在第 3 帧位置上添加关键帧。

③ 在第 12 帧的位置上添加关键帧，将 O 向上平移约 140 像素的位置。

④ 在第 22 帧的位置上添加关键帧，将 O 向下平移回到原来的位置。

⑤ 在第 30 帧的位置上添加延长帧，并在第 3 帧到第 22 帧之间创建补间动画，如图 7.55 所示。

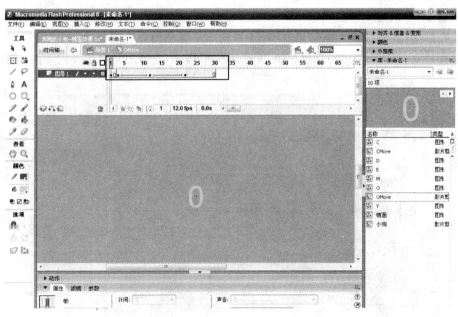

图 7.55　OMove 元件

• 创建 MMove。

① 在影片剪辑 MMove 的第 1 帧位置上将图形元件 M 拖入。

② 在第 5 帧位置上添加关键帧。

③ 在第 14 帧的位置上添加关键帧,将 M 向上平移约 140 像素的位置。

④ 在第 24 帧的位置上添加关键帧,将 M 向下平移回到原来的位置。

⑤ 在第 30 帧的位置上添加延长帧,并在第 5 帧到第 24 帧之间创建补间动画,如图 7.56 所示。

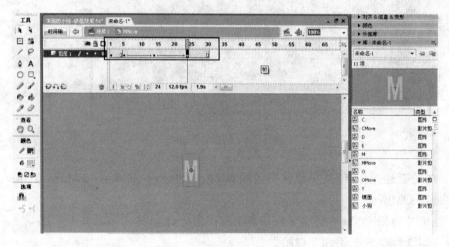

图 7.56　MMove 元件

• 创建 EMove。

① 在影片剪辑 EMove 的第 1 帧位置上将图形元件 E 拖入。

② 在第 7 帧位置上添加关键帧。

③ 在第 16 帧的位置上添加关键帧,将 E 向上平移约 140 像素的位置。

④ 在第 26 帧的位置上添加关键帧,将 E 向下平移回到原来的位置。

⑤ 在第 30 帧的位置上添加延长帧,并在第 7 帧到第 26 帧之间创建补间动画,如图 7.57 所示。

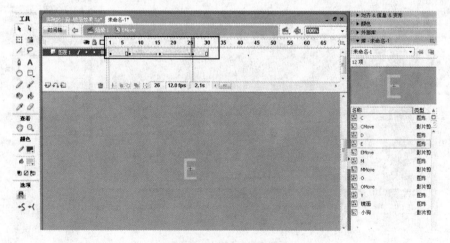

图 7.57　EMove 元件

- 创建 DMove。

① 在影片剪辑 DMove 的第 1 帧位置上将图形元件 D 拖入。

② 在第 9 帧位置上添加关键帧。

③ 在第 18 帧的位置上添加关键帧,将 D 向上平移约 140 像素的位置。

④ 在第 28 帧的位置上添加关键帧,将 D 向下平移回到原来的位置。

⑤ 在第 30 帧的位置上添加延长帧,并在第 9 帧到第 28 帧之间创建补间动画,如图 7.58 所示。

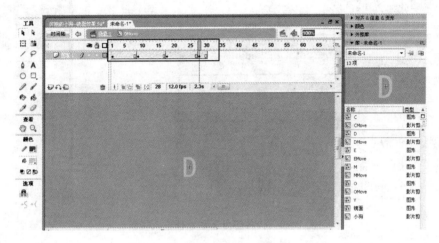

图 7.58　DMove 元件

- 创建 YMove。

① 在影片剪辑 YMove 的第 1 帧位置上将图形元件 Y 拖入。

② 在第 11 帧位置上添加关键帧。

③ 在第 20 帧的位置上添加关键帧,将 Y 向上平移约 140 像素的位置。

④ 在第 30 帧的位置上添加关键帧,将 Y 向下平移回到原来的位置。

⑤ 在第 30 帧的位置上添加延长帧,并在第 11 帧到第 30 帧之间创建补间动画,如图 7.59 所示。

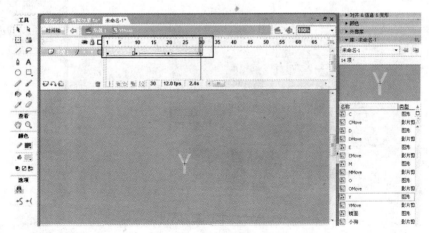

图 7.59　YMove 元件

（8）回到场景中，在"图层 3"上将 CMove、OMove、MMove、EMove、DMove、YMove 等各影片剪辑元件拖入场景，如图 7.60 所示。

图 7.60　将各字母运动元件拖入场景

（9）分别依次选中影片剪辑元件 CMove、OMove、MMove、EMove、DMove、YMove，选择"任意变形工具"，将元件的对称中心移至元件的下边缘，例如 CMove 的对称中心点移动后如图 7.61 所示。

图 7.61　移动 CMove 的对称中心位置

（10）制作字母的倒影。

① 同时选中场景中各影片剪辑元件 CMove、OMove、MMove、EMove、DMove、YMove，选择"编辑"|"复制"命令，将影片剪辑复制到剪贴板；再选择"编辑"|"粘贴到当前位置"命令。

② 分别选中各影片剪辑元件 CMove、OMove、MMove、EMove、DMove、YMove，选择"修改"|"变形"|"垂直翻转"命令，如图 7.62 所示。

图 7.62　垂直翻转影片剪辑

③ 按住 Shift 键选中所有位于下方的一行影片剪辑，在"属性"面板的"颜色"下拉列表框中选择"色调"选项，将"颜色"设为白色♯FFFFFF，"百分比"设置为 100%，如图 7.63 所示。

图 7.63　设置倒影字母的色调

（11）制作"小狗"的奔跑过程。

① 在"图层 3"第 30 帧的位置上添加延长帧。

在"图层 1"第 30 帧的位置上添加关键帧，将位于下方的"小狗"拖动到场景右外侧，如图 7.64 所示。

图 7.64 "图层 1"第 30 帧

② 在"图层 2"第 30 帧的位置上添加关键帧，将位于上方的"小狗"拖动到场景右外侧，相对位置与下方的"小狗"对称，如图 7.65 所示。

图 7.65 "图层 2"第 30 帧

③ 在"图层1"的第1帧与第20帧之间"创建补间动画"。在"图层2"的第1帧与第20帧之间"创建补间动画"。用鼠标拖动,将"图层2"与"图层3"的位置交换。使得图层顺序自上而下为"图层2"、"图层3"、"图层1",如图7.66所示。

图7.66　最终效果

7.5　图片展示

本实例主要改变影片剪辑元件的大小制造出图片由隐到现的展示过程。具体步骤如下:

(1) 打开Flash软件,选择"文件"|"新建"|"Flash文档"命令,创建一个新的Flash场景,大小设置为550×400,背景颜色为白色(♯FFFFFF)。

(2) 图片素材与图片框架的准备。

① 选择"文件"|"导入"|"导入到库"命令,分别将所需图片1、2、3、4、5导入到库中。

② 选择"插入"|"新建元件"命令,新建一个影片剪辑元件,命名为pic1。

③ 在影片剪辑pic1中,将库中的图片1拖入。并使用"任意变形工具"将图片缩小至100×100,如图7.67所示。

④ 仿照上述操作,创建影片剪辑pic2、pic3、pic4、pic5,分别将图片2、3、4、5拖入。该步骤的目的是为了将图片转化为元件,以便可以使用各种不同渐变。

⑤ 制作图片框架。

首先,选择"插入"|"新建元件"命令,新建一个影片剪辑元件,命名为square。

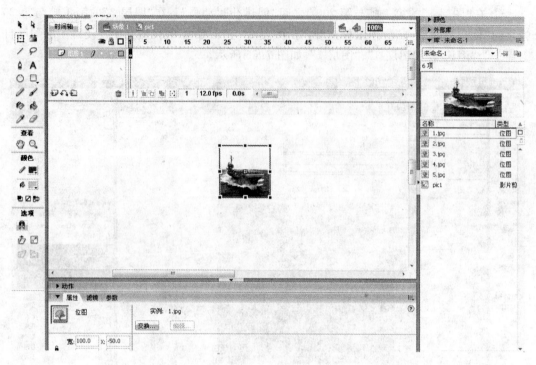

图 7.67　影片剪辑 pic1

然后，使用"矩形工具"，在 square 中绘制一个空心正方形，边长为 100，如图 7.68 所示。

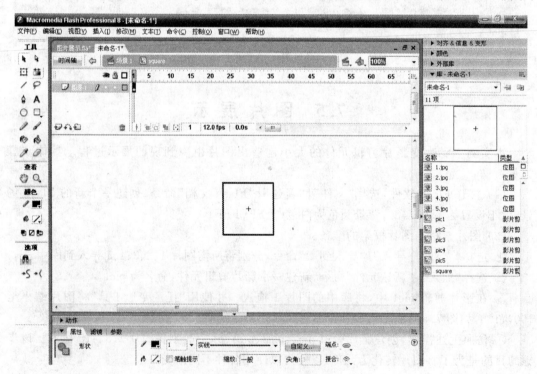

图 7.68　绘制正方形

（3）制作图片展示标题。

① 新建一个影片剪辑元件，命名为 word。

② 使用"文本工具"在 word 第 1 帧中书写文本"图片展示"，字体为宋体，字号为 96，文本填充颜色为黑色♯000000。在影片剪辑 word 第 5 帧的位置上添加关键帧，将字号改为 75，颜色改为黄色♯FFFF00，在第 1 帧与第 5 帧之间创建补间动画，并在第 10 帧处添加延长帧，如图 7.69 所示。

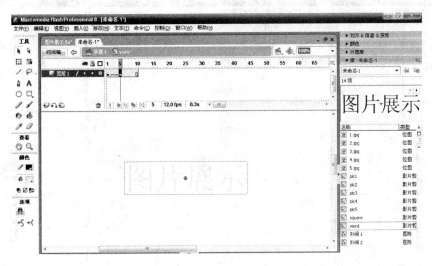

图 7.69　图片标题

（4）设置图片展示框架。

① 回到场景中，在"图层 1"第 1 帧的位置上将影片剪辑 square 拖入，并缩小为 10×10，如图 7.70 所示。

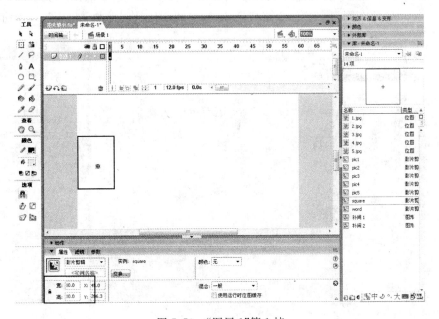

图 7.70　"图层 1"第 1 帧

综合实例

② 在"图层 1"第 10 帧的位置上添加关键帧，将 square 放大到原来的大小 100×100。紧贴场景的左边缘，并在第 1 帧与第 10 帧之间创建补间动画。

③ 在"图层 1"第 120 帧处添加延长帧。

④ 添加一个新图层"图层 2"，在第 10 帧的位置上添加关键帧，再拖入一个 square 元件，并缩小至 10×10，位于前一 square 的左边缘内侧，如图 7.71 所示。

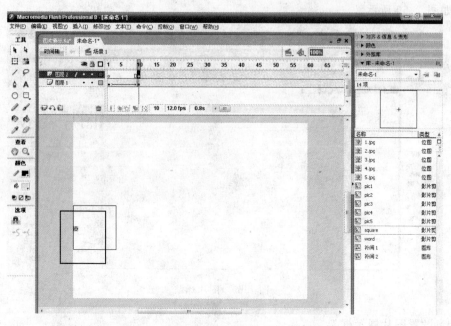

图 7.71　新增图层

⑤ 在"图层 2"第 20 帧的位置上添加关键帧，将 square 放大到原来的大小 100×100。位于前一 square 的右侧，并在第 10 帧与第 20 帧之间创建补间动画，如图 7.72 所示。

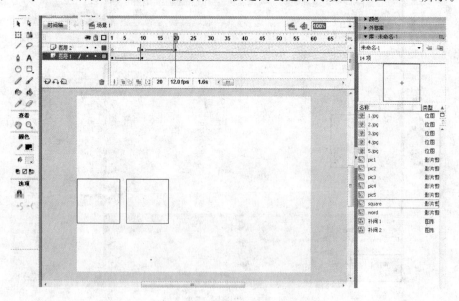

图 7.72　为第 2 个相框添加补间动画

⑥ 添加一个"图层 3"，在第 20 帧的位置上添加关键帧，再拖入一个 square 元件，并缩小至 10×10，位于前一 square 的左边缘内侧，如图 7.73 所示。

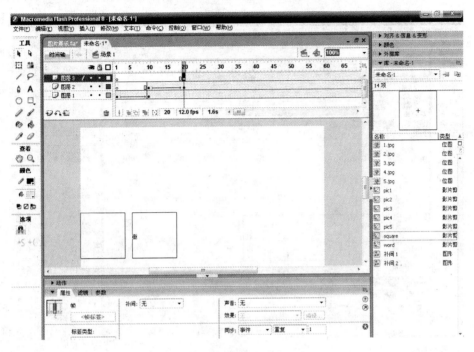

图 7.73　新增"图层 3"

⑦ 在"图层 3"第 30 帧的位置上添加关键帧，将 square 放大到原来的大小 100×100。位于前一 square 的右侧，并在第 20 帧与第 30 帧之间创建补间动画，如图 7.74 所示。

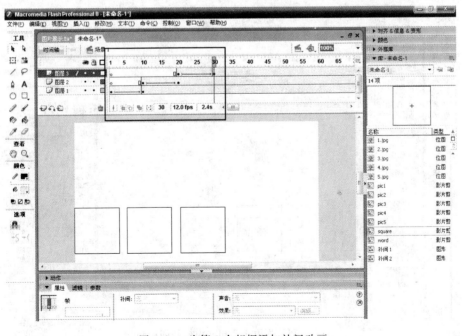

图 7.74　为第 3 个相框添加补间动画

⑧ 添加一个"图层 4",在第 30 帧的位置上添加关键帧,再拖入一个 square 元件,并缩小至 10×10,位于前一 square 的左边缘内侧,如图 7.75 所示。

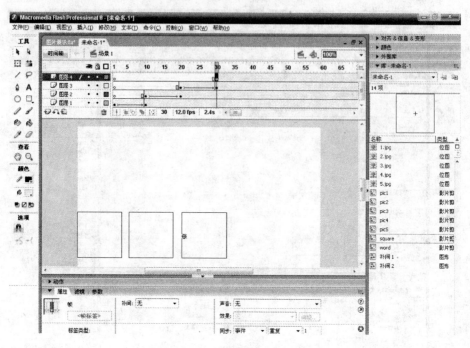

图 7.75　新增"图层 4"

⑨ 在"图层 4"第 40 帧的位置上添加关键帧,将 square 放大到原来的大小 100×100,位于前一 square 的右侧,并在第 30 帧与第 40 帧之间创建补间动画,如图 7.76 所示。

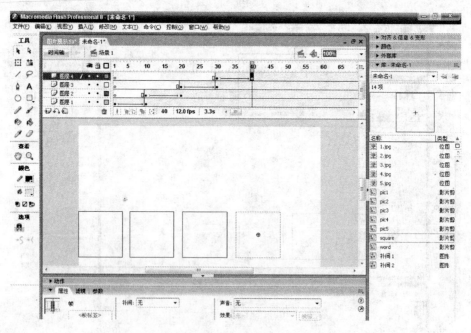

图 7.76　为第 4 个相框添加补间动画

⑩ 添加一个"图层 5"，在第 40 帧的位置上添加关键帧，再拖入一个 square 元件，并缩小至 10×10，位于前一 square 的左边缘内侧，如图 7.77 所示。

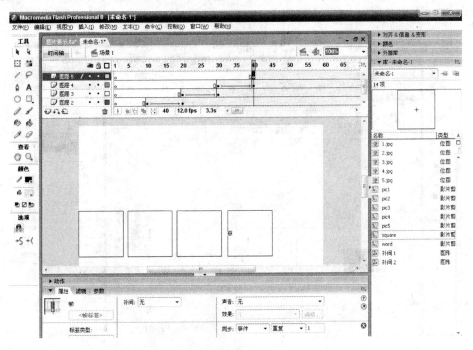

图 7.77 新增"图层 5"

⑪ 在"图层 5"第 50 帧的位置上添加关键帧，将 square 放大到原来的大小 100×100，位于前一 square 的右侧，并在第 40 帧与第 50 帧之间创建补间动画，如图 7.78 所示。

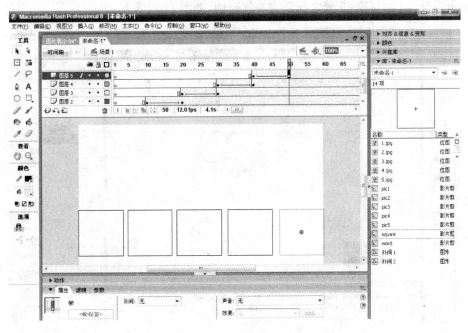

图 7.78 为第 5 个相框添加补间动画

（5）设置图片展示过程。

① 添加一个"图层 6"，在第 50 帧的位置上添加关键帧，将影片剪辑元件 pic1 拖入场景，覆盖第一个影片剪辑 square，如图 7.79 所示。

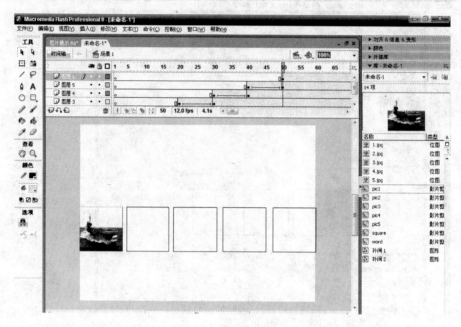

图 7.79　新增"图层 6"

② 将影片剪辑 pic1 的"属性"|"颜色"|Alpha 调整为 0%。

③ 在"图层 6"第 60 帧的位置上添加关键帧，将 pic1 的"属性"|"颜色"|Alpha 调整为 100%，并在第 50 帧与第 60 帧之间创建补间动画，如图 7.80 所示。

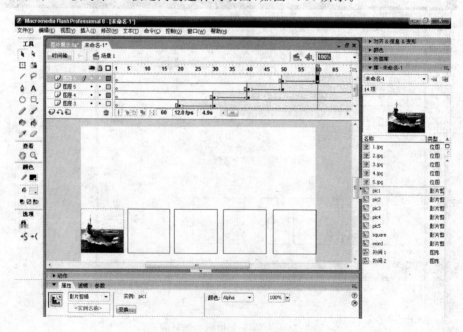

图 7.80　为图片创建补间动画

④ 依照上面的做法添加"图层 7"、"图层 8"、"图层 9"、"图层 10",每一图层中的图片补间动画比上一个滞后 10 帧,如图 7.81 所示。

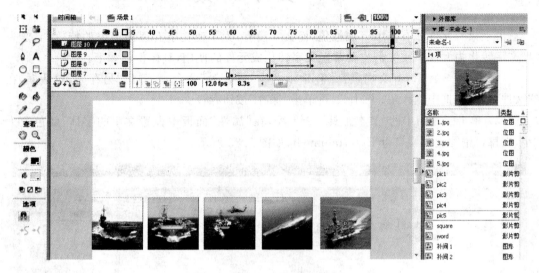

图 7.81　时间轴

（6）添加一个"图层 11",在第 1 帧的位置上将影片剪辑元件 word 拖入场景,如图 7.82 所示。

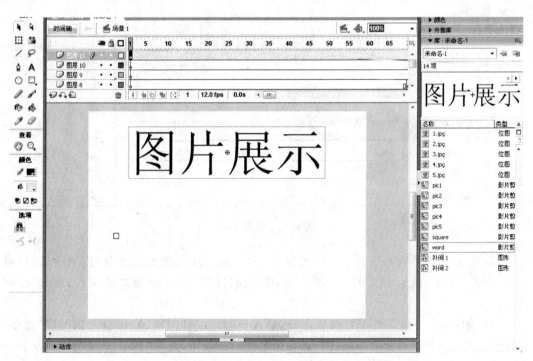

图 7.82　图片展示标题

7.6 文 字 特 效

由于只有元件才有 Alpha 属性值,而文字没有,为了使文字有逐渐消失的特效,需要先把文字转化为元件。本实例主要掌握文字转化成元件的使用,具体操作如下:

(1) 新建一个 Flash 文档,然后单击"文件"|"另存为"命令,将弹出"另存为"对话框,在"文件名"文本框中输入"文字.fla",再单击"保存"按钮存盘。

(2) 单击工具箱中的"文本工具"按钮 **A**,在"属性"面板中设置文字的字体、颜色及大小,在舞台中写上英文字母 Entertainment,如图 7.83 所示。

图 7.83 输入文字

(3) 单击工具箱里的"选择工具"按钮,选中舞台中的所有英文字母,然后选择"修改"|"分离"命令,或者按 Ctrl+B 组合键,将它们打散为 13 个独立的字符,如图 7.84所示。

(4) 确保每个字母都处于打散状态,然后选择"修改"|"时间轴"|"分散到图层"命令。这样所选的字母将自动分散到以各自名称命名的新图层中,这时"图层 1"则为空图层。选中"图层 1",单击"时间轴"面板右下角的"删除"按钮,删除该图层,如图 7.85 所示。

(5) 选择 E 图层的字符 E,然后选择"修改"|"转换为元件"命令,或者按 F8 快捷键打开"转换为元件"对话框。在打开的对话框的"名称"文本框中输入 1,并在"类型"选项区中选择"图形"选项,单击"确定"按钮。

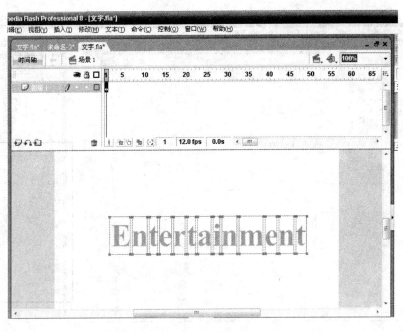

图 7.84　打散字符

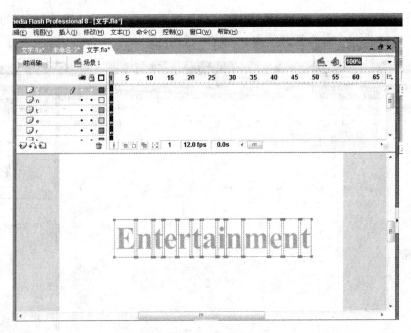

图 7.85　将每个字母分散到各层

（6）再选择下一个图层 n,同样按 F8 键将文字转换为图形元件,命名为 2,依次将所有的字母图层中的文字用同样的方法转换成图形元件,名称以阿拉伯数字依次递增,如图 7.86 所示。

（7）在最顶层,即图层 E 的第 2 帧和第 12 帧分别按 F6 键插入关键帧,然后在第 12 帧

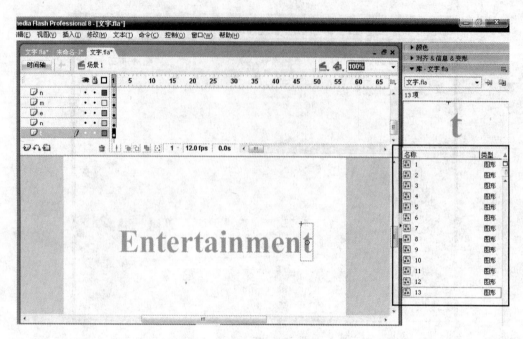

图 7.86　将每个字母转化为图形元件

中利用工具箱中的"任意变形工具"按钮 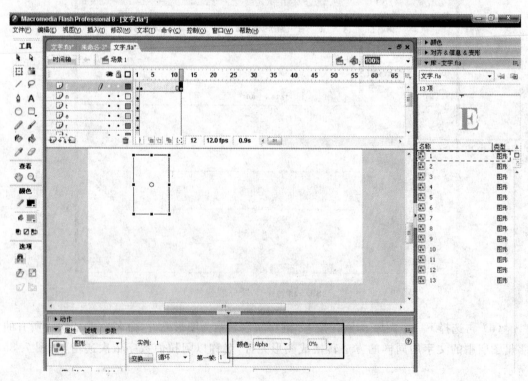，将 E 图形放大，同时在"属性"面板的"颜色"下拉列表框中选择 Alpha，并设置其值为 0％，如图 7.87 所示。

图 7.87　图层 E 第 12 帧

(8) 右击图层 E 中的第 2 帧,在弹出的快捷菜单中选择"创建补间动画"命令,然后单击该层第 40 帧,按 F5 键延长帧。

(9) 其余字母的处理方法类似,最终时间轴如图 7.88 所示。

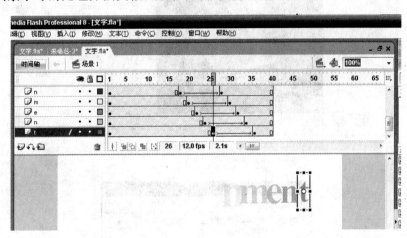

图 7.88   时间轴

7.7   拼 图 游 戏

本实例制作一个简单的交互式动画-拖曳拼图。具体操作如下:

(1) 新建一个 Flash 文档,然后单击"文件"|"另存为"命令,将弹出"另存为"对话框,在"文件名"文本框中输入"拼图.fla",再单击"保存"按钮存盘。在文档属性中修改文档的宽为 680px,高为 520px。

(2) 选择"文件"|"导入"|"导入到库"命令,导入一幅图像。

(3) 按 Ctrl+F8 组合键或者选择"插入"|"新建元件"对话框,创建一个名为"图片"的图形元件,如图 7.89 所示。进入图形元件的编辑区中,将刚才导入的图像拖入,在属性中修改图像的宽为 320px,高为 280px。

图 7.89   新建元件

(4) 选中图片,选择"修改"|"分离"命令或按 Ctrl+B 组合键将图像打散。选择绘图工具栏中的"线条工具",在其"属性"面板中设置线条为黑色、线粗为 0.1 个像素,绘制 5 条水平线和 5 条垂直线,将图像均分为 16 等份,如图 7.90 所示。

(5) 单击左上角的一幅小图,选择"修改"|"转换为元件"命令或按 F8 键将 1/16 的小图转换为影片剪辑类型的元件,命名为 P1,如图 7.91 所示。

图 7.90　等分图像

图 7.91　"转换为元件"对话框

（6）同样的方法，将其余 15 个图像块转换为 15 个影片剪辑，从左到右、从上到下依次命名为 P2、P3、P4、…、P16。

（7）选择"插入"｜"新建元件"命令，打开"创建新元件"对话框，创建一个名为 title 的图形元件。

（8）选择"绘图"工具栏中的"文本"工具 **A**。在其"属性"面板中，设置颜色为黑色，字体为宋体，字号为 49；然后输入"经典拼图游戏"，如图 7.92 所示。

（9）选择该文本，复制一份，在对应的"属性"面板中设置复制文本为红色。将红色文本放置在黑色文本稍靠右的位置，由此产生一种立体感的标题，如图 7.93 所示。

图 7.92　输入文本　　　　　　　　　图 7.93　立体效果

（10）返回场景舞台，选择"插入"｜"新建元件"命令，打开"创建新元件"对话框，创建一个名为 block 的按钮元件。在"弹起"帧选择绘图工具栏中的矩形工具，在舞台中绘制一个矩形，使用线形渐变方式填充，在其属性面板中，将它的高和宽按照刚才分解的图像块大小设置，在"点击"帧按 F5 键延长帧，如图 7.94 所示。

（11）返回场景舞台，从"库"面板中将图形元件 title 拖放到舞台的工作区中，并把它放置在顶端，同时将"图形"元件拖放到舞台工作区中，将其缩小为宽 120、高 105 的大小，如图 7.95 所示。

（12）从"库"面板中将按钮元件 block 拖曳到舞台工作区中 16 次，并将它们排列整齐。在各自对应的"属性"面板中，从左到右、从上到下分别将它们命名为 B1、B2、B3、…、B16。

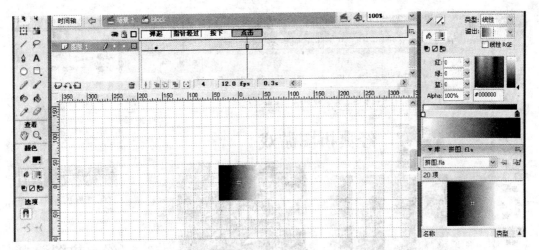

图 7.94　绘制按钮

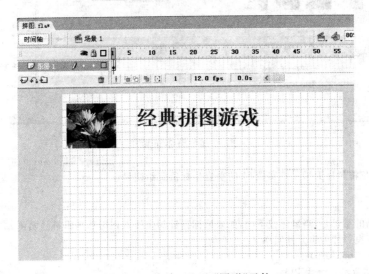

图 7.95　拖放 title 和"图形"元件

　　(13) 从"库"面板中将影片剪辑 P1 拖放到场景舞台中,在其"属性"面板中将该影片剪辑实例命名为 M1。

　　(14) 同样的方法,将其余的 15 个影片剪辑拖放到舞台中,在其"属性"面板中分别命名为 M2、M3、M4、M5、…、M16,如图 7.96 所示。

　　(15) 单击舞台中工作区域中的影片剪辑实例 M1,然后右击,从弹出的快捷菜单中选择"动作"命令,打开"动作"面板。在脚本编辑窗口中输入如下脚本:

```
onClipEvent(mouseDown) {
    if(hitTest(_root._xmouse,_root._ymouse,false)) {
        startDrag("",true);
        //可以拖曳影片剪辑元件实例 M1
        x = this._x;
        //将影片剪辑元件实例 M1 的水平坐标值赋给变量 x
        y = this._y;
```

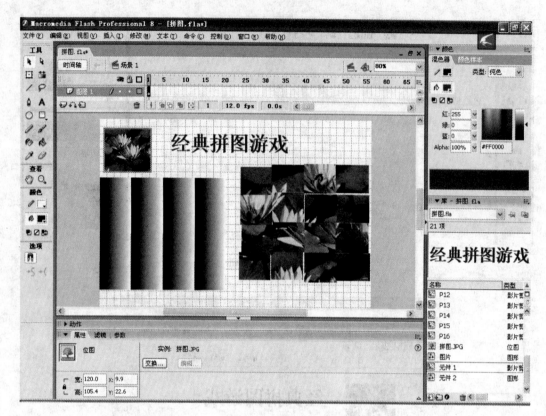

图 7.96　整体布局

```
        //将影片剪辑元件实例 M1 的垂直坐标值赋给变量 y
    }
}
//上面代码的意思是，当鼠标按下时，如果鼠标指针的坐标点在影片剪辑符号实例 M1 上时，
//则可以拖曳影片剪辑元件实例 M1
onClipEvent (mouseUp) {
    if(! hitTest(_root.B1)) {
        this._x = x;
        this._y = y;
    }
    else {
        this._x = 0;
        this._y = 141;
    }
    stopDrag();
}
```

//上面代码意思是如果影片剪辑元件实例 M1 与 B1 不重叠，则将影片剪辑元件实例 M1 的原坐标
//值赋给影片剪辑元件 M1，使其移动到原来的位置；如果影片剪辑元件 M1 与 B1 重叠，则将 M1
//移到 B1 上，其中 B1 的坐标为(0,141)。当释放鼠标时，停止拖曳

参 考 文 献

[1] 陈冰. Flash 第一步：基础篇. 北京：清华大学出版社,2006

[2] 华天科技. 无师自通：中文 Flash 8.0 动画制作入门篇. 北京：人民邮电出版社,2007

[3] 前沿电脑图像工作室. 巧学巧用 Flash 8 制作动画. 北京：人民邮电出版社,2006

[4] 腾飞科技. Flash 8 基础与实例精讲. 北京：人民邮电出版社,2007

[5] 思慧工作室. Flash 8 动画特效设计经典案例. 北京：人民邮电出版社,2007

[6] [美]R Reinhardt. Flash 8 宝典. 邱燕明,周瑜萍等译. 北京：电子工业出版社,2006

[7] 王太冲,李巍,马淑燕. Flash 8 中文版入门与提高. 北京：清华大学出版社,2007

[8] 朱仁成. Flash 8 中文版动画设计专项实例训练. 北京：电子工业出版社,2006

读者意见反馈

亲爱的读者：

感谢您一直以来对清华版计算机教材的支持和爱护。为了今后为您提供更优秀的教材，请您抽出宝贵的时间来填写下面的意见反馈表，以便我们更好地对本教材做进一步改进。同时如果您在使用本教材的过程中遇到了什么问题，或者有什么好的建议，也请您来信告诉我们。

地址：北京市海淀区双清路学研大厦 A 座 602 室　　计算机与信息分社营销室　收

邮编：100084　　　　　　　　　电子邮件：jsjjc@tup.tsinghua.edu.cn

电话：010-62770175-4608/4409　　邮购电话：010-62786544

教材名称：Flash 8 动画基础案例教程
ISBN 978-7-302-19442-2

个人资料

姓名：_____　　年龄：_____所在院校/专业：_____

文化程度：_____　　通信地址：_____

联系电话：_____　　电子信箱：_____

您使用本书是作为：□指定教材 □选用教材 □辅导教材 □自学教材

您对本书封面设计的满意度：

□很满意 □满意 □一般 □不满意　改进建议_____

您对本书印刷质量的满意度：

□很满意 □满意 □一般 □不满意　改进建议_____

您对本书的总体满意度：

从语言质量角度看　□很满意 □满意 □一般 □不满意

从科技含量角度看　□很满意 □满意 □一般 □不满意

本书最令您满意的是：

□指导明确 □内容充实 □讲解详尽 □实例丰富

您认为本书在哪些地方应进行修改？（可附页）

_____

_____

您希望本书在哪些方面进行改进？（可附页）

_____

_____

电子教案支持

敬爱的教师：

为了配合本课程的教学需要，本教材配有配套的电子教案（素材），有需求的教师可以与我们联系，我们将向使用本教材进行教学的教师免费赠送电子教案（素材），希望有助于教学活动的开展。相关信息请拨打电话 010-62776969 或发送电子邮件至 jsjjc@tup.tsinghua.edu.cn 咨询，也可以到清华大学出版社主页（http://www.tup.com.cn 或 http://www.tup.tsinghua.edu.cn）上查询。

21 世纪普通高校计算机公共课程规划教材
系列书目

ISBN	书　名	作　者	定价
9787302173113	3D 动画与视频制作	王明美 等	38.00
9787302173267	C 程序设计基础	李瑞 等	25.00
9787302176855	C 程序设计实例教程	梁立 等	25.00
9787302168133	C 语言程序设计教程	张建勋 等	29.00
9787302132684	Visual Basic 程序设计基础	李书琴 等	26.00
9787302176725	Visual Basic 程序设计学习指导教程	盛明兰	25.00
9787302175025	Visual Basic 程序设计教程	许薇 等	26.00
9787302189725	Visual FoxPro 程序设计基础	梁玉国	29.00
9787302173663	Visual FoxPro 课程设计(第二版)	张跃平	29.00
9787302138389	Visual FoxPro 数据库应用	康萍 等	29.00
9787302191094	毕业设计(论文)指导手册(信息技术卷)	温艳冬 等	20.00
9787302134626	程序设计基础(C 语言版)	赵妮 等	25.00
9787302177012	大学计算机基础	马利	24.00
9787302132325	大学计算机基础(含实验)	王长友 等	29.00
9787302185413	大学计算机基础教程(Windows Vista · Office 2007)	王文生 等	29.00
9787302150565	多媒体技术应用基础	王中生 等	25.00
9787302168195	多媒体技术应用教程	郭丽丽 等	29.00
9787302174585	汇编语言程序设计	宋人杰 等	21.00
9787302175384	计算机常用工具软件教程	王中生 等	32.00
9787302154150	计算机基础	彭澎 等	29.00
9787302133025	计算机网络技术及应用	王中生 等	27.00
9787302174677	计算机网络与多媒体技术	胡虚怀 等	29.00
9787302174677	计算机网络与多媒体技术	李焕 等	29.00
9787302156857	计算机应用基础	刘义常 等	24.00
9787302185055	计算机组装与维护技术实训教程	李恬 等	27.00
9787302152200	计算机组装与维护教程	王中生 等	25.00
9787302183310	数据库原理与应用习题 · 实验 · 实训	鲁艳霞 等	18.00
9787302171805	图形图像技术与应用	王明美 等	22.00
9787302150572	网页设计与制作	付永平 等	26.00
9787302185635	网页设计与制作实例教程	袁磊 等	28.00
9787302158783	微机原理与接口技术	牟琦 等	33.00
9787302153160	信息处理技术基础教程	冯崇华 等	33.00